ÉDOUARD

SIEBECKER

MŒURS

DE

JOUR

Illustrations de A. Vicar.

PARIS

A. LACROIX & Cie

EDITEURS

Montmartre.

Tous droits de traduction et de reproduction réservés

MOEURS DU JOUR

Paris. — Imprimerie Alcan-Lévy, 61, rue de Lafayette.

ÉDOUARD

SIEBECKER

MŒURS

DU

JOUR

Illustrations de A. Fleury

PARIS

A. LACROIX & Cie

ÉDITEURS

13, faubourg Montmartre, 13

Tous droits de traduction et de reproduction réservés.

E *volume devait paraître au commencement de 1870.*

Les événements en ont décidé autrement.

Le titre qu'il porte, Mœurs du Jour, *n'est pas une de ces enseignes tapageuses dont on abuse un peu, de nos jours, pour attirer les regards du public. Bien que ces pages aient été écrites, pour ainsi dire, au jour le jour, sous ce titre général, dans le* Nain Jaune, *le* Courrier français, *le* Réveil *et d'autres journaux de l'opposition, l'auteur s'est toujours placé au point de vue de l'étude des mœurs de son époque.*

C'est, hélas! une des conséquences de l'ardeur

de nos luttes politiques que cette absorption, par la presse quotidienne, de certains esprits organisés plutôt pour l'art et pour l'observation.

Le moyen de se tenir dans les sphères éthérées de la fiction, lorsque autour de soi la lutte est engagée entre le droit et la force, la justice et le succès ? Le tempérament vous emporte et vous jette dans la mêlée. Alors, adieu l'œuvre à laquelle on a attaché des espérances fondées ou non ! Le journalisme, lorsqu'il tient son homme, ne le lâche plus. Il faut se dépenser au jour le jour, s'émietter à travers les feuilles volantes, au lieu de se concentrer sur le livre qu'on rêvait.

Que de talents, que d'originalités, que de tempéraments bien doués ont été ainsi perdus pour le théâtre, la poésie, l'histoire ou le roman !

Cependant, il arrive que, pendant un moment de trêve ou de revos, l'écrivain jette un regard désolé sur ces productions éphémères, que le courant de l'actualité emporte vers l'éternel oubli ! Alors, semblable au malheureux dont l'inondation enlève tout l'avoir, il se jette dans le torrent et tâche de lui arracher ce qu'il possède de plus précieux. C'est ce qu'a fait l'auteur de ces pages.

S'est-il trompé? A-t-il trop présumé de sa valeur, ou de l'indulgence du public? Ce livre vivra-
t-il plus longtemps que n'ont vécu les articles de
journaux? Ne sera-t-il, au contraire, qu'un mau-
solée élevé, dans un moment de piété infatuée, à
des enfants morts-nés?

C'est ce que l'avenir seul pourra dire.

Paris, mai 1874.

I

LES FEMMES

Elle commence ce terrible métier de mère de second rang......

(*La vieille Fille.*)

LA POUPÉE

LETTRE A UNE MÈRE DE FAMILLE

I

LPHONSE Karr a dit, quelque part, que la femme jouait perpétuellement à la poupée; et, avec la hardiesse paradoxale qu'on lui connaît, il a mené son idée jusqu'au bout.

Sans accepter cette thèse dans toute les conséquences qu'en tire le brillant écrivain, on peut, je crois, affirmer que la poupée constitue pour la petite fille l'apprentissage de la vie.

Vous rappelez-vous votre poupée, madame?

C'était il y a dix-huit ans, du temps de ce Paris que pleurent tant de gens. Vous aviez été bien sage et, jusqu'alors, vous n'aviez eu que cette éternelle

bergère, au chapeau de carton, tenant sur la tête, au
moyen d'un clou ; à la robe de tulle rose, fanée,
bridant sur un jupon de papier ; bergère dont vos baisers d'enfant avaient mangé les couleurs et qui, empa-
lée sur un bout de bois, ne satisfaisait plus les aspirations de votre jeune imagination.

Votre petit cœur a-t-il assez battu, le matin de Noël,
lorsque , frémissante d'inquiétude , vous vous êtes
approchée de la cheminée ! Et quels cris ! quels rires
argentins ! quand vous l'avez aperçue étendue sur votre
petit soulier, vous souriant naïvement, cette poupée si
ardemment désirée, la poupée sérieuse, poupée *pour
de vrai*, comme vous disiez dans votre langage en-
fantin !

Vous êtes accourue près du lit de votre mère qui
vous a dit, en vous embrassant :

« Maintenant tu es grande : c'est ta fille, comme tu es
la mienne ; tu auras soin d'elle, comme j'ai soin de
toi ; je te la donne toute nue comme le bon Dieu t'a
donnée à moi, tu l'habilleras toi-même. Voici encore
un petit nécessaire : il y a là un dé , un étui plein d'ai-
guilles , des ciseaux, du fil, et je te donnerai des chiffons de toile, de laine et même de soie. Tu en feras des
chemises et des robes. »

Alors a commencé pour vous la vie en petit.

Obéissant à cet instinct divin qui fait de toute femme
une mère, vous l'avez aimée, vous vous êtes dévouée
pour elle.

Vous avez commencé par lui confectionner, tant
bien que mal, la blouse coulissée au cou, ourlée à

grands points dans le bas, avec deux trous pour passer ses bras éternellement en guirlande.

Puis le sarrau est devenu robe, le bonnet grossier s'est transformé en chapeau ; encouragée, vous avez osé aller jusqu'à la mantille et aux spencers : toutes les modes du temps.

Puis, progressant toujours, vous avez brodé des jupons, inventé des toilettes de bal et de cérémonie. Vos moments de récréation y passaient entièrement !

Puis..... puis, un beau jour, vous vous êtes couchée troublée, sans embrasser votre poupée...

Vous aviez dix-huit ans et un beau jeune homme vous avait regardée pendant toute la soirée.

Enfin est arrivé l'instant.

Mais la veille de votre mariage, allons, avouez-le, madame, vous l'avez prise encore une fois en cachette sur votre chaste lit de jeune fille ; vous lui avez fait revêtir successivement toutes ses toilettes, depuis la blouse jusqu'à la robe de bal. Alors, après avoir repassé votre jeune existence de vierge, vous avez tout plié, avec soin, dans la petite malle, et vous avez regardé les larmes aux yeux votre petite fille.

Elle était en peau d'agneau rouge, bourrée de son ; elle avait des cheveux collés sur la tête,— des cheveux à elle ; ses yeux étaient en émail, chose rare à cette époque, ce qui lui donnait un vernis d'aristocratie parmi les autres poupées de sa connaissance.

Vous avez souri doucement, l'avez embrassée une dernière fois, et vous êtes restée longtemps rêveuse, avant de vous endormir.

L'enfant pour rire n'existait plus : l'enfant *pour de vrai* n'existait pas encore.

Il y a huit ans déjà qu'il est arrivé, et les devoirs maternels vous ont trouvée tout armée, toute vaillante...

Cherchez votre pauvre et chaste poupée, madame, c'est à elle que vous le devez peut-être.

II

Aujourd'hui, vous êtes sortie avec votre mère, comme elle est sortie, il y a dix-huit ans, avec la sienne.

Vous êtes allée choisir une poupée pour votre fille.

Je ne sais quelle impression vous avez ressentie en entrant dans la boutique : vous avez suivi le mouvement de votre temps et peut-être n'avez-vous rien éprouvé.

Mais demandez à votre mère, elle qui a dû rester stationnaire depuis la naissance de sa petite-fille, — car vous la connaîtrez, à votre tour, cette loi divine et charmante, en vertu de laquelle l'aïeule recommence une nouvelle maternité avec les enfants de ses enfants.

Elle a rougi, la pauvre dame, en regardant l'allure de toutes ces poupées, si différentes de la poupée *honnête fille* qu'elle vous avez donnée naguère.

Aux vitres du magasin, vous avez aperçu deux ou trois visages de vieux drôles que, par un sentiment de coquetterie excusable, vous avez cru attirés par votre beauté. — Erreur ! Ce sont ces poupées-biches qui les fascinent. — Trouvez un moyen pour les faire marcher ; lâchez-en une sur le boulevard, je parie qu'elle est suivie !

La marchande vous a montré un sujet non habillé, afin de vous faire voir que l'ouvrier a bien imité la nature ; tout est complet, la jambe est fine, les cuisses articulées, les hanches vigoureuses : la gorge accusée : tout est indiqué.

Au moyen d'un fil de fer, les paupières se lèvent et s'abaissent ; l'œil fait des évolutions. Il y a quelques années, on a trouvé un mécanisme pour dire *papa* et *maman ;* peut-être qu'aujourd'hui on a découvert le moyen de leur faire prononcer quelques mots d'argot, de turf, de langue benoitonne.

Lorsque vous avez demandé le prix, avec son sourire le plus... marchand, la vendeuse vous a montré des toilettes toutes faites. Aujourd'hui, il y a des coutu-

rières... que dis-je ?... il y a des tailleurs, des cordon-
niers, des modistes, pour poupées.

Voici les bas à jour, la chemise ornée de dentelles
(*la chemise de bataille*), la ceinture régente, les jupons de mille sortes, la robe princesse sans ceinture, la
robe de bal décolletée, la robe de chambre, la robe de...
que sais-je, moi !

Puis, vient la chaussure ; bottes à glands, molletiè-
res pour toilettes d'eaux, souliers de bal...

Puis, les chapeaux, les coiffures...

Et les postiches que j'allais oublier !

Vous avez été séduite, fascinée... encore un peu,
vous alliez prendre une poupée pour vous.

Alors on vous a parlé des meubles, et le défilé de la
marqueterie, du palissandre, du bois de rose, a commencé !

Et enfin, la lingerie, les oreillers bordés de dentelles,
les draps de luxe, toutes ces somptuosités des chambres
à coucher... banales.

Un billet de cinq cents francs y a passé,—mais votre
fille sera heureuse !

III

Ce n'est plus à la petite maman qu'elle va jouer,
comme vous l'avez fait à son âge ; c'est à la dame.

Au lieu de faire subir à sa poupée, sans en avoir
conscience, les diverses transformations qu'elle subira
elle-même, avant d'arriver à l'état de femme, elle va

chercher, au contraire, à se modeler, elle, enfant, sur cette poupée-femme.

Son temps se passera à l'habiller, à la déshabiller, à la faire trôner au milieu des somptuosités de son mobilier.

Cet esprit d'observation et d'imitation, inné chez l'enfant et surtout chez la petite fille, va se mettre en éveil, non pas, comme vous l'avez fait, pour surprendre et copier les allures d'une petite mère vis à vis de son bébé, mais pour singer la comédie du monde qui se joue dans votre salon.

La plus élégante, la plus maniérée de vos amies lui servira de modèle.

Vous irez, tous les ans, renouveler la garde-robe démodée de la poupée.— Vous-même, sans vous en douter, vous prendrez un certain plaisir à assister aux

conversations de votre enfant avec ce pantin corrup-
teur.

Mais un beau jour, madame, vous remarquerez avec
terreur que votre fille est bien avancée pour son âge ; ce
sera, lorsqu'avec une certaine logique, elle vous aura
démontré qu'elle doit être au moins aussi bien habillée que son mannequin ; ce sera quand la comédie de la petite scène commencera à se jouer sur la
grande et que le salon de la poupée sera rejeté pour
celui de la maman. Il y a des lois sévères contre les
éditeurs qui vendent de mauvais livres ; il n'y en a pas
contre ces industriels qui, sans le savoir, se rendent
coupables d'un fort grand crime : la démoralisation de
l'enfance.

Il est vrai que les mères ont été inventées pour veiller sur leurs enfants.

Mais, allez-vous me dire, c'est la mode, et il faut
bien obéir !

Las ! madame, il souffle, à travers notre temps, je
ne sais quel vent d'obéissance qui finira par nous
donner tous les vices de l'esclavage. Ces excuses du
servilisme sont bien commodes, avouez-le, et finis-
sent par pallier à nos propres yeux toutes nos capitu-
lations : pour les femmes, c'est la *Mode* ou le *Monde ;*
— pour les hommes, c'est autre chose.

En attendant on s'amoindrit chaque jour, et, qui
plus est, on prépare une génération qui ne nous vaudra
même pas, nous qui ne valons pas grand'chose.

Chaque jour, nous découvrons un nouveau tyran
qui a le droit de régner sur nous ; tyran absolu, indis-

cutable, qui nous prend tout entiers, corps et âmes, esprits, consciences, que nous faisons semblant de maudire, mais que nous adorons au fond, parce qu'il a l'air de nous rendre irresponsables.

Pendant ce temps erre par le monde, détrôné, méprisé, solitaire, un bonhomme de roi constitutionnel : *Le Sens Commun.*

Obéissez donc, madame, à la *Mode*, si tel est votre bon plaisir, mais alors, Dieu préserve nos fils de vos filles !

Après ça, qui sait ?

Peut-être se vaudront-ils !

LA FEMME ET LE THÉATRE

Je ne sais si le *castigat ridendo mores* est vrai, mais ce qui est certain, c'est que le théâtre est l'expression des mœurs d'une époque... et cette vérité ne me rend pas très fier de la mienne, lorsque je sors d'une des expositions de chairs factices ou vraies qu'offrent quotidiennement MM. les directeurs de théâtres à leurs contemporains.

Malgré moi, je songe au théâtre antique, si avare de femmes sur la scène, et je me demande ce que dirait le vieux Sophocle s'il pouvait ressusciter.

A peine une si grande vertu ou une immense infortune pouvait alors autoriser l'auteur à sortir la femme du gynécée sacré à tous, pour la livrer à l'admiration du peuple. Sa vie, ses mœurs, ses amours étaient choses saintes, et, sans rappeler le mot de César, le

plus hypocrite comédien de son temps, à propos du
soupçon qui pouvait planer sur la sienne, peut-être
peut-on demander, même à une honnête femme d'aujourd'hui, ce qu'elle pense de la dernière épreuve que
fait subir Pénélope à Ulysse avant de se jeter dans ses
bras?

Il y a vingt ans qu'elle n'a revu son mari, bal-
lotté par toutes les aventures. Il a les yeux ridés et
ternis, son poil a blanchi. — Il lui a bien rappelé des
aventures intimes, mais peut-être le roi d'Ithaque les
a-t-il racontées à quelque indiscret, qui en a abusé? —
Il a bien tendu l'arc formidable, mais les dieux n'ont-ils
pu donner à un autre la force extraordinaire du héros?
Elle flotte hésitante, et enfin elle pose cette question si
décisive dans les sociétés païennes :

Comment est fait le lit nuptial ?

Le lit nuptial, — cette chose sacrée que non-seulement aucun autre homme n'a pu voir, mais que le
fiancé, dans le mystère le plus profond, a fait lui-
même pendant la nuit, au fond de retraites sûres !...

Il le décrit! c'est lui, — il n'y a plus à douter.

— Qu'en dites-vous, madame, et quelle est, à côté
de cela, cette couche en bois de rose que vos parents
vous ont achetée à la dernière vente de mademoiselle
Turlurette, et où vous avez reçu les premières caresses
de celui... *quem nuptiæ demonstrant?*

Regardons un peu ce qu'est devenue la femme sur
la scène chrétienne. Racine, le pieux Racine, est le
premier qui ose faire parler un sentiment infâme. Et
encore Phèdre est-elle une jeune femme qui, en dé-

finitive, n'est que la belle-mère de celui qu'elle aime, et par conséquent son amour n'est qu'un inceste de convention. Malgré tous ses élans, le sentiment reste élevé, et rien dans le rôle ne parle aux sens du spectateur.

Bien qu'il y ait loin de là à Camille, c'est encore une passion contenue à côté du débordement du romantisme.

Ici, c'est la sève puissante qui fermente, et le sentiment brûlant qui agite Antony, par exemple, s'il jette un voile sur la statue de la Pudeur, au moment où les deux amants, fous d'amour, roulent vers l'alcôve, du moins ne fait-il rien éprouver dont le public ait à rougir.

Ces deux époques sont l'une et l'autre ce qu'est l'adolescence à la virilité, l'amour de la vingtième année à la passion puissante de l'homme dans toute la plénitude de sa force.

Aujourd'hui, la civilisation est plus vieille ; — la naïveté du premier âge lui fait hausser les épaules ; — l'ardeur de la maturité la choque : — c'est l'âge de la paillardise, — de la polissonnerie.

Que m'importe le sentiment ! Déshabillez la femme ; — qu'à moitié nue elle tende vers l'orchestre tous les charmes qu'elle doit à la nature ou à la costumière, et cantharidez-moi la situation !

De là l'abandon du grand art et la décadence du théâtre. A peine si la musique pourra faire passer une donnée dramatique, et encore l'Opéra devra-t-il avoir bien soin d'y introduire un ballet. La mélodie hystéri-

que de la *Favorite* ne suffit déjà plus au dilettante, il
lui faut le déhanchement de la *Belle Hélène*, se plai-
gnant à Vénus de ce qu'elle fait *cascader-cascader sa
vertu*.

M. Ranc parlait, il y a quelque temps, du sentiment de répulsion que faisait éprouver à l'homme, qui
en est encore aux principes naturels, la vue d'une pièce
dans laquelle des femmes remplissaient des rôles
d'hommes et *vice versa* ; — mais, pour être plus gra-
cieux d'aspect, ces danses, ces groupes de femmes s'en-
laçant, voltigeant les unes autour des autres, se cares-

sant de l'œil, se fondant, deux à deux, dans les plis des écharpes de gaze, ne font-ils pas penser aux compagnes de Sapho se poursuivant à travers les bocages mystérieux de Lesbos?

Pour mon compte, je trouve que messieurs les auteurs de ces machines sont bien bons de se creuser la cervelle à trouver des titres. Un seul convient à toutes ces œuvres — c'est : *Ces dames au salon.*

Beaucoup de gens répondent : L'esprit humain a besoin d'activité, et lorsqu'on n'est pas libre de créer ce qu'on veut, on crée ce qu'on peut. Mettez un homme d'imagination entre quatre murs, retirez-lui plume, encre, papier, livres ; — après quelques jours de désolation, il en prendra son parti, et, au bout de six mois, vous retrouverez un idiot dépravé.

Peut-être y a-t-il du vrai ; mais mon but n'est pas de remonter les courants dangereux des causes : je constate, c'est assez.

Ainsi donc, après l'héroïne, nous avons eu l'amante, après l'amante la courtisane, et après la courtisane cette chose inouïe, qui n'est plus qu'une machine à excitation et qu'on ne peut comparer qu'aux priapées antiques.

Qu'on réfléchisse à toute la puissance de ce dissolvant en songeant qu'aujourd'hui le théâtre de société tend à passer dans les mœurs ; que ces pièces sont choisies de préférence aux autres, et que les dames du meilleur monde s'en disputent les rôles les plus déshabillés.

Ainsi, il est convenu qu'une femme, dont la main

n'est pas gantée dans un salon, commet un acte qui frise l'indécence, mais que sa pudeur n'a pas à souffrir si, sur le théâtre du château, elle se présente devant ses invités complétement dépoitraillée, avec une jupe fendue sur les côtés, et moins faite pour cacher que pour faire valoir la splendeur de ses cuisses.

Je n'ose songer à ce qui arriverait si ces tendances suivaient leur progression logique! Non, nous sommes à l'extrême limite, et il en est des époques comme des hommes : la lubricité chez les vieillards est l'avant-coureur de la paralysie.

Va donc, dix-neuvième siècle ! crache, mon pauvre vieux, tes dernières polissonneries. Tu tomberas un beau matin en pourriture; mais, engrais puissant, c'est de ta putréfaction même que sortira le renouveau !

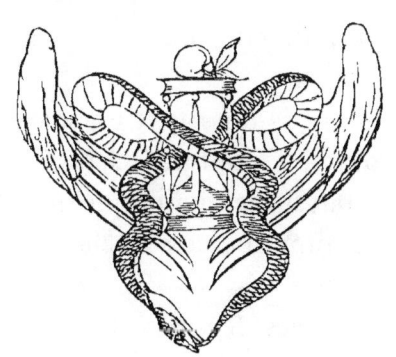

LE MOIS DE MARIE

Hier soir, je suis entré dans une église. L'autel de Marie était étincelant de lumières et de fleurs; l'encens fumait de tous côtés ; et aux sons graves et pénétrants des orgues se mêlait un chœur de voix fraîches et pures.

Parfois le chœur se taisait, et un solo s'élevait sous ces grandes voûtes. C'était un chant d'amour où le terrestre l'emportait sur le divin : quelque chose comme le cri d'une âme humaine vers une autre âme éloignée d'elle.

Presque partout des femmes et surtout des jeunes filles. A peine, çà et là, quelques taches noires : des hommes. Les prêtres couverts de dentelles blanches — les vieux, l'œil perdu dans le vague, le visage baigné d'une mélancolie profonde, l'esprit reporté peut-être vers des souvenirs lointains ; les jeunes, l'œil ardent, la lèvre humide, le regard levé pour ainsi dire sur la statue de la Vierge. N'étaient les costumes contempo-

rains, on eût dit l'une des fêtes du petit temple d'Isis à Pompéï.

Que Lucrèce la nomme Vénus ; Julien, Cybèle ; Prochus et Porphyre, Cérès ou Uranie ; Apulée, Isis

ou les Apôtres Marie, le mois de mai a partout et toujours été consacré à la femme divinisée.

Pendant que toutes ces jeunes filles, pénétrées des
langueurs mystiques de ce culte charmant, semblaient
donner congé à leurs réflexions pour suivre machinalement le texte de leur livre d'heures, appuyé contre
un pilier, je cherchais dans le passé et je retrouvais
cette fête partout où la femme a essayé de s'égaler à
l'homme.

Seules les contrées où elle est considérée comme le
premier des animaux domestiques ont un ciel peuplé
uniquement de divinités masculines.

Qu'est-ce que ces coups de foudre que Jupiter envoie
sans cesse dans le contrat divin, sinon de sourdes
conspirations de la femme païenne ? Partout, toujours,
l'union d'une jolie mortelle et d'un dieu, produisant
un être supérieur qui, après une grande tâche accom-
plie sur la terre, obtient la légitimation olympienne.
L'homme, irrité du mystère dans lequel se perd l'origine de ses dieux, escaladant le ciel, en fracturant la
porte et y plaçant les plus purs et les plus glorieux d'entre les siens. Et partout le sentiment humain venant
prendre sa place à côté de l'Implacable, du Terrible,
de l'Inconnu.

Et ce culte lui-même, ce culte à la Vierge, n'est-ce
pas tout-à-fait celui d'Isis, la déesse couronnée de
fleurs, sur le front de laquelle rayonne la lune argen-
tée, dont les pieds se posent sur des serpents cachés
dans des épis de blé ; qui, d'une main, tient un sistre,
symbole de l'harmonie, et de l'autre une gondole d'or,

emblème du salut ? Lorsque Apulée nous raconte son apparition à Lucius, son héros, ne semble-t-il pas qu'on lise un chapitre de la *Vie des Saints ?*

Tu dois me consacrer ta vie, et, même après ta mort, tu m'adoreras encore, soit dans les ténèbres des enfers, soit dans les splendeurs des Champs-Elysées; et si tu me satisfais par la constance de ton culte et de ta chasteté, je prolongerai ta vie spiri-tuelle jusqu'à l'éternité.

N'est-ce pas ainsi que la mère du Christ devait par-ler la nuit à ces anachorètes qui se réfugiaient loin du monde et de ses joies ?

Et toujours, dans l'objet du culte, nous trouvons l'éternelle jeunesse unie à l'éternelle beauté. Qui s'est jamais représenté Marie, vieille, décrépite, les cheveux blancs, le visage ridé, l'œil brûlé par les larmes ? Et pourtant, elle avait cinquante-trois ans à la mort de Jésus !

Mais non, l'art lui-même n'a pas encore osé aborder cette vérité. Que Courbet, que Millet essaient un jour d'humaniser la divine légende ; qu'ils tentent de repré-senter l'intérieur de Joseph le charpentier, un soir qu'il tonne : le père, brisé par la fatigue, appuyé sur la table, l'œil fixé sur les autres enfants, et la vieille mère regardant vaguement par la porte et songeant à l'aîné, à celui qui est par les chemins, courant porter la vé-rité aux petits, au milieu des embûches et des pour-suites d'un gouvernement pourri. Qu'ils peignent, sur ce visage, les angoisses de cette femme du peuple, qui se représente son enfant, dont le nom est déjà dans toutes les bouches, démasquant les concussions des grands fonctionnaires, accusant les prêtres tout-puissants de vendre Dieu et de fausser les idées du peuple, et qui semble attendre d'un instant à l'autre la nouvelle de la catastrophe prévue !

Je garantis qu'aucune église ne leur achètera leur tableau. Demandez au jeune prêtre ce que deviendra sa cellule, lorsque par les nuits d'insomnie, impuissant à échapper à la révolte humaine, jetant loin de lui son livre de prières, il n'aura plus devant lui cette radieuse image de jeune fille qui lui sourit ?

Voilà ce à quoi je songeais, et je regardais toutes ces femmes en me demandant :

— Combien y en a-t-il qui voient le côté purement humain de cette fête : l'avénement social de leur sexe ?

Combien y en a-t-il qui savent que le culte à la Vierge est une des conséquences de la chevalerie : *Dieu et ma dame,* et en même temps une des causes de l'épurement de l'amour.

Je regardais tous ces visages.

Chez les unes, je voyais l'accomplissement d'une formalité, un prétexte à l'exhibition d'une toilette ; chez d'autres, une certaine foi dans le dogme ; chez d'autres encore, l'intérêt et la curiosité qu'elles apporteront à l'audition de l'opéra de demain.

Mais, en regardant bien, je vis encore autre chose.

Bercées par le rhythme un peu monotone des chants sacrés, excitées par ces parfums énervants, beaucoup,

parmi les jeunes, la lèvre entr'ouverte, l'œil languis-
sant, regardaient, à travers les légers nuages de l'encens, un tableau représentant l'*Annonciation*.

A quoi pensaient-elles ? Qui pourra le dire ? Pou-
vaient-elles le savoir elles-mêmes, sous l'empire de
cette ivresse mystique dont elles ne semblaient pas avoir
conscience ?

Combien de jeunes filles voyaient, à ce moment,
un être purement céleste dans Gabriel, le bel ar-
change ?

Pour plus d'une, il avait replié ses ailes éblouissantes
et pris une forme connue, et le diable, qui veille toujours, a dû fracturer plus d'un cœur pour y déposer un
péché... véniel.

Mais, à côté des vierges qui rêvaient à l'avenir, il y
avait des jeunes femmes qui, certes, pensaient au
passé, et auxquelles le messager céleste ne rappelait
peut-être pas précisément leur mari. Pour celles-là, le
diable avait-il bien besoin d'effraction, et n'avait-il
pas l'habitude de trouver toujours la clef sur la porte ?

C'est ce que je ne saurais dire d'une façon précise,
sous peine de tomber moi-même dans un fort gros péché... chose d'autant plus facile que, chez nous autres
hommes, *à la porte, il n'y a plus de porte*, et qu'*il si-
gnor Diavolo* connaît bien l'endroit.

Je ne conclurai donc pas ; mais je crois être certain
que, pendant cette fête de la Vierge, dans presque toutes les âmes, la voix d'Ève parle bien plus haut que
celle de Marie.

3

LA FILLE-MÈRE

L'intolérance de la vertu est en grande
partie cause des crimes de l'inconduite.
Docteur FRANZ.

La soirée était magnifique. Bien que la lampe fût
déjà allumée, on avait laissé la porte et les fenêtres de
la salle à manger ouvertes. Quelques nuages passant
rapidement vers le Sud, trompaient le regard, et l'on
eût dit que le ciel roulait un fleuve de diamants, tant
les étoiles étincelaient sur le bleu foncé. La lune ar-
gentait les allées sablées du jardin.

Au loin, une longue bande de brume indiquait la
rivière, et la brise chantait dans les grands peupliers.

De temps en temps, un crapaud lançait sa note claire
et métallique.

A côté, dans l'écurie, le cheval se remuait dans sa
stalle.

Je fumais silencieusement ma pipe, assis sur le rebord de la fenêtre, ne pensant à rien : — un des grands bonheurs de la vie.

Mon cousin Franz, les deux coudes sur la table, lisait un journal, pendant que sa jeune femme, Mina, sa jolie tête gracieusement inclinée, regardait en souriant dormir sur ses genoux mon filleul, le petit Edouard.

— Allons, bon ! dit tout à coup le docteur, encore un infanticide. — C'est le cinquième ou le sixième depuis le commencement du mois : misère et corruption ! boue et sang parmi les hommes, pendant que le ciel est bleu et que les oiseaux chantent dans les nids.

— Quelle horreur ! s'écria Mina en pressant convulsivement son gros bébé dans ses bras. Est-il donc possible, Franz, qu'il y ait des mères assez maudites pour tuer leurs enfants !

— Maudites ! tu l'as dit, Mina, répondit le mari. — Coupables ! pas toujours.

— Comment, pas coupables ! Mais regarde donc ton fils, Franz, avant de dire une pareille chose !

— Ne t'emporte pas, Mina, continua le docteur avec son flegme habituel, car ce que je vais te dire va te sembler bien plus dur encore. C'est vous, vous, honnêtes femmes, qui, sans vous en douter, êtes cause de ces crimes.

Les jolis sourcils de la jeune mère se froncèrent, et, cette fois, je lâchai ma pipe.

— Ah ! parbleu ! dis-je à mon tour, je serais curieux de voir comment tu vas te tirer de là !

— Ce n'est pas difficile, mon cher, et avant cinq minutes tu seras de mon avis. Je dis et je soutiens que l'intolérance de la vertu est en grande partie cause des crimes de l'inconduite.

Quand j'étais étudiant à Paris, ma bonne Mina, je te l'ai déjà dit, deux ou trois mois avant la naissance du petit, rien qu'à regarder une femme enceinte dans la rue, je reconnaissais lorsqu'elle n'était pas mariée.

La femme mariée, la jeune surtout, s'étale largement sous le soleil et le regard des passants. Elle est fière de son fardeau. Son œil est rempli d'assurance, elle ne voudrait pas perdre une ligne de sa circonférence. Elle a l'air de répondre à ceux qui la remarquent :

« Eh bien ! oui, je suis mère, moi aussi... et j'en ai le droit, saprelotte ! »

L'autre, la fille-mère, ne sort que lorsqu'elle y est forcée ; elle croise son châle ou son manteau, courbe le dos, baisse les yeux et rase les maisons. Si elle se rencontre avec la première, elles se comprennent au premier coup d'œil. La régulière jette un regard de dédain sur l'autre, qui lui rend un regard d'envie.

Tu aimes ton enfant, Mina, et tu as raison, ma bien-aimée, mais rappelle-toi toutes les joies qu'il t'a causées.

Aussitôt que tu as senti s'agiter une deuxième vie en toi, tu l'as annoncé à tous les nôtres. Grande fête ! grande joie dans les deux familles ! On est arrivé de tous les côtés.

« Eh bien ! mam'selle Mina, qu'est-ce qu'on apprend ? »

« Mon Dieu ! oui, pour vous faire enrager, vous
allez être grand-père, grand-oncle... »

Et l'on riait, et l'on s'embrassait, et l'on pleurait de
joie !

Tu te rappelles les précautions ? Ah ! voilà un gaillard qu'on a eu peur de casser !

« Il ne faut pas avancer toujours le même pied lors-
« qu'on commence à marcher ! Ne pas lever les bras
« en l'air ! Ne pas se baisser ! Se donner de suite ce
« dont on a envie, fût-ce un cheval, sous peine d'ac-
« coucher d'un Centaure. »

Et la question de la mère — cette question splendide :

« Franz, est-ce que vous vous allongez, dans le lit ? »
« Pourquoi donc, mère ? »
« Vous savez... un coup de genou... »

J'ai vu le moment où elle allait me proposer de me
faire ficeler avant de me coucher, afin de m'empêcher
de faire des mouvements brusques.

Et quand monsieur a dû faire son entrée dans le
monde ! La maison pleine de la cave au grenier ! Et
toutes les commères du pays, venant à la queue-leu-leu,
sur la pointe des pieds, demander des nouvelles !

Et lorsque le moment fatal est venu, les jolis cris
que tu as faits, et ma main que tu as mordue au
sang.

— J'étais folle ! s'écria tout à coup Mina, en riant
aux larmes.

3.

— Retiens ce mot-là, toi, Édouard, je m'en servirai
tout à l'heure.

Puis, comme tout s'était bien passé, il y eut les
craintes et les soins, pendant les neuf jours réglemen-
taires ; puis les chatteries, les caresses, les visites...
enfin toutes ces choses que donnent seuls le bonheur
et la considération.

Une femme qui, dans ces conditions, tuerait son
enfant..., tiens, vois-tu, il faudrait charger une mère
comme toi de trouver un supplice pour la punir.

Quant aux autres, à ces malheureuses, vous ne réfléchissez pas assez à l'épouvantable drame de leur
grossesse !

Ce sont presque toujours des filles de ferme ou des
servantes.

Elles sont loin de leur famille, chez des étrangers
qui les regardent comme des êtres d'une autre nature
qu'eux.

Un garçon passe, ils se plaisent tous deux. Les intentions sont toujours honnêtes, en commençant :
néanmoins, on se cache, car les *maîtres* n'aiment pas
les *amourettes*.

L'amoureux de la fille de la maison devient un
fiancé, pourquoi ?

Parce qu'il est reçu chez le père. L'amoureux de la
servante ne doit pas venir au grand jour ; — il ne sera
donc qu'un amant.

Car toute fille qui aime, et qui a eu l'imprudence de
l'avouer, est à la discrétion de celui qu'elle aime, si un
œil calme ne veille pas sur elle.

Ces rendez-vous furtifs, qui ont tout l'attrait du fruit défendu, en ont aussi les emportements. — Un beau jour, la fille a cédé, sans même se rendre compte de ce qui est arrivé.

A partir de ce moment, le supplice commence. Il y a, chez la femme la plus sotte, un sentiment vague qui lui dit que celui qui lui jettera la première pierre est celui au profit duquel elle s'est avilie.

En effet, aussitôt que la situation vient se compliquer, l'homme se refroidit... puis il ne revient plus !

Alors, le sort de la malheureuse devient intolérable. Outre le chagrin de l'abandon, la préoccupation perpétuelle de sa position la mine. Si l'on allait s'apercevoir ! Elle perdrait son pain ; et que faire ? Six mois, sept mois à attendre, et après ? Chaque jour, elle épie sur son visage les sillons qu'y tracent ces douleurs.

Il s'agit bien de ne pas lever les bras, de ne pas se baisser, de contenter ses envies. Il faut, au contraire, redoubler de travail et d'énergie afin qu'on ne fasse pas de questions.

« Qu'avez-vous donc, ce matin ? Est-ce que vous êtes malade ? »

Dussent les entrailles vous brûler, il faut rire et répondre :

« Moi ! madame, malade ! jamais je ne me suis si bien portée. »

Et l'on enlève un seau d'eau à bras tendu.

Mais les choses suivent leur cours naturel. Il faut tout faire pour dissimuler son état. On s'emprisonne la taille, on se meurtrit le corps, on l'étreint dans un étau, et l'on va, l'on marche, l'on court, broyant ses dents pour étouffer ses cris.

Il faut sauver le présent ; et l'avenir ? N'y pas songer : c'est la honte et la misère à perpétuité.

Plus le terme approche, plus l'on pense au suicide. Ce malheureux être, que sera la vie pour lui ? qu'en faire ? Elle n'a même pas pu lui préparer un linge pour le recevoir. Si on l'avait surprise ? Lorsqu'elle est dans une ville, elle se sauve dans un hôpital.

Mais, dans un village ?

Une belle nuit, elle sent des déchirements atroces. Elle voudrait crier... tu sais, ces bons cris qui font tant de bien dans ces moments. Mais sa maîtresse entendra. Elle se lève nu-pieds, à moitié vêtue, en hiver parfois ; elle sort le plus doucement possible et s'en va, par la traverse, dans les champs ; elle tombe au bord d'un fossé ; la nature, implacable pour elle, comme les hommes, fait son œuvre.

Tu étais folle, Mina, c'est toi qui l'as dit, et tu as mordu la main de l'homme que tu aimais. Elle est folle aussi, elle, comme toutes les femmes en ce moment, et elle en a bien sujet, la malheureuse ; elle n'a pas de main à mordre : elle étrangle son petit.

De ce choc mystérieux de la douleur physique, du désespoir, de la solitude, du remords, de la honte, résulte quoi ? On n'en sait rien.

Puis, semblable à un chat, elle creuse la terre avec ses ongles, jetant des regards fauves, à droite et à gauche, et entendant bourdonner à ses oreilles des bruits étranges.

Quand elle croit avoir bien dissimulé son crime, elle rentre. Le lendemain, elle est à la besogne plus tôt que d'habitude. Sa pâleur et sa gaieté exagérées donnent des soupçons. On va dans sa chambre ; on trouve des linges ensanglantés dans sa paillasse.

Elle est prise.

En saine médecine et en saine psychologie, cette femme n'est pas coupable, parce qu'elle est inconsciente.

La situation des filles-mères est tellement terrible, que, dans les hôpitaux, il y en a une sur trois souvent qui ne se relève pas.

Savez-vous ce qu'il faudrait pour arrêter ces crimes ?

D'abord, de la part des maîtresses, plus de vigilance et une petite concession : demander doucement à sa servante :

— Ma fille, parlez-moi franchement, je ne changerai pas à votre égard : Avez-vous un amoureux ?

— Oui.

— Alors, il veut vous épouser. C'est bien, amenez-le-moi.

Le maître, alors, paraîtrait, et dirait très sérieusement au jeune homme :

— Mon garçon, puisque vous voulez épouser cette fille, je vais prendre des renseignements sur vous et écrire à vos parents. S'ils consentent, vous pouvez la venir voir chez moi, deux fois par semaine, une heure par jour jusqu'à votre mariage ; mais, d'ici là, vous allez me donner votre parole que vous ne chercherez pas à la voir.

A moins d'être un roué complet, chose rare, l'individu dont les intentions seraient louches déguerpirait, sans tambour ni trompette.

La deuxième cause est dans le préjugé qui jette sur la femme séduite et trompée l'infamie qui devrait s'attacher au séducteur et au trompeur.

Vous avez été volé, — vous êtes un gredin. Quant au voleur, je vous défends de le rechercher, — la loi le défend !

Bonne loi, qui interdit de chercher le père de cet enfant qui n'a pas demandé à naître, et qui le punit, lui, du crime de ce père, en l'empêchant d'hériter même de sa mère !

Enfin, la dernière cause est dans la conscription actuelle. Presque toutes ces pauvres villageoises se donnent parce que les garçons ne peuvent pas se marier avant d'avoir fini leurs sept années de service.

Et maintenant comprenez-vous pourquoi j'ai dit que l'intolérance de la vertu était en grande partie cause des crimes de l'inconduite.

LES GRANDES DAMES

Il fut un temps où des hommes qui vivent encore, et qui appartenaient à la vie publique par leurs opinions, leurs noms, leurs positions officielles, leurs œuvres ou leurs actes, étaient aussi en proie aux ardeurs de la polémique. Alors comme aujourd'hui, les passions étaient fougueuses, les doctrines inflexibles et une liberté dont il ne nous reste plus, hélas ! que le souvenir, laissait à l'écrivain la faculté de faire flèche de tout bois.

Tout a été attaqué chez eux, jusqu'à l'origine de leur fortune, et, pour donner une idée de ce qui se passait alors, il suffit de rappeler qu'un ministre fut condamné, comme concussionnaire, pour avoir été accusé par ses adversaires d'avoir reçu un pot de vin de cent mille francs!

Eh bien ! au milieu de ce que les pudibonds d'aujourd'hui appellent les dérèglements de la presse, le temps de la licence, je défie qu'on me présente une feuille qui ait osé toucher à la femme d'un de ces hommes si attaqués, si discutés, si insultés, si on le veut.

Qui peut dire seulement la couleur des cheveux de madame de Villèle, de madame de Polignac, de madame Casimir Périer, la mère, de madame Guizot, de madame Thiers ?

Et pourtant ces femmes, ont, elles aussi, été belles et charmantes ; elles aussi ont rayonné de grâces et de séductions, mais seuls les intimes de la maison ont été admis à les admirer ; leurs maris ont été des hommes publics, mais elles sont restées des femmes privées.

Autre temps, autres mœurs !

La vie privée n'existe plus dans un certain monde.

Comment cette révolution s'est-elle opérée ?

Nous allons essayer de le dire.

Il y a quelques années, effrayées de l'influence sans cesse croissante que prenait la fille dans notre société, quelques jeunes femmes de grande maison se dirent ceci :

— Nous sommes jeunes, nous sommes belles, nous avons de l'éducation, de l'esprit, de la fortune, comment se fait-il que nos maris nous délaissent et nous ruinent pour des créatures qui ne nous valent pas ?

Il y a un mystère là-dessous.

Elles cherchèrent, cherchèrent longtemps et, un jour, elles trouvèrent : — il leur manquait le *chien*.

Le *chien,* — un mot nouveau exprimant une chose nouvelle, — un produit essentiel de notre époque.

Nos pères avaient le *chic,* c'est-à-dire une élégance *sui generis,* un cachet particulier ; nous, nous avons le *chien.*

Le *chien,* c'est ce que je ne sais quoi qui fait rêver les nerfs, qui porte à la peau, qui surexcite, qui dit, dans la rue, au coureur d'aventures :

— Vas-y de l'avant, mon bonhomme, ce n'est pas du gibier prohibé.

Eh bien ! au bout de quelque temps, le coureur d'aventures n'osa plus s'y fier, — les honnêtes femmes avaient attrapé le *chien*, et, si une couturière ou un couturier à la mode voulait nous montrer ses livres, nous verrions une jolie promiscuité de noms. A côté des Canichettes et des Rigolettes, nous resterions stupéfaits de trouver l'*Armorial de France* et l'*Almanach Gotha !*

Hélas ! les pauvres femmes s'aperçurent bien vite que, dans la toilette seule, n'était pas la puissance des filles. A côté du *chien* de la tenue, il y a le *chien* de la vie.

Qu'importe, en effet, à l'homme d'une certaine catégorie qu'une femme belle soit à lui ! Du moment qu'il sait qu'elle est à lui seul, que personne ne la lui envie, qu'il peut dormir tranquille sur la possession de son trésor, il s'habitue à sa propriété et finit par jeter un coup d'œil sur celle du voisin.

Ce qu'il aime avant tout, c'est la guerre, la lutte, c'est l'expédition irrégulière vers ces contrées neutres qui appartiennent au plus aimé des dieux, soit qu'à l'exemple de Jupiter il se transforme en pluie d'or, soit qu'il incendie une Sémélé par le rayonnnement de sa gloire. Mais Danaé ou Sémélé est bien vite abandonnée, s'il ne sent pas à côté de lui un autre Jupiter prêt à lui ravir, s'il le peut, sa conquête.

Les filles ont compris de tout temps que le débraillé, s'il n'existe que dans l'isolement, est absurde ; mais que ce qui leur attache surtout les hommes, c'est cette pensée égoïste :

— On excite l'appétit de tout le monde ; mais il n'y a qu'à moi qu'on offre à dîner.

Ce que les filles avaient compris, les femmes finirent par le comprendre à leur tour, et elles se dirent :

— Soit ! donnons à nos amis l'appétit du désir, afin d'amener nos maris à manger le dîner du devoir.

Après la révolution dans la toilette, la révolution dans les mœurs.

Je me suis demandé souvent ce que pensèrent les aïeux et surtout les aïeules qui, de leurs cadres, assistèrent pour la première fois au nouveau spectacle que leurs descendants leur offrirent dans leurs hôtels et dans leurs vieux châteaux.

Quelles têtes firent-elles, ces hautes et puissantes dames qui se hasardaient à peine à fredonner, dans l'intimité, quelque couplets gaulois contre Richelieu, Mazarin ou le chancelier Maupou, en voyant leurs petites filles monter sur les planches, pour chanter, en copiant les allures canailles d'une Thérésa, des inepties comme *le Sapeur, la Femme à barbe, la Fille Angot ?*

A peine un sourire, sinon de sympathie, du moins d'indulgence, se dessina-t-il sur les lèvres des compagnes de cette imprudente Marie-Antoinette, la seule souveraine qui ne craignait pas de compromettre sur des tréteaux sa majesté de droit divin et qui apprit ainsi aux peuples que, malgré le poids des couronnes, les cerveaux de femmes peuvent rester légers.

Pauvres créatures qui ne comprirent pas que ce musicien Rousseau, dans la pièce duquel la reine joua un rôle, n'était pas seulement l'auteur du *Devin de vil-*

lage, mais qu'il était également celui du *Contrat social* et de la *Confession du vicaire savoyard*.

On était loin cependant des rôles racailles de notre temps. Le vent est au piment, au *chien*, en un mot; ce furent des pièces pleines de *chien* qu'on monta sur les théâtres de société, des revues avec des costumes *ad hoc*.

On en parla dans le monde, l'apéritif se versa aux intimes. Mais cela ne suffit pas. On fut lancé sur une terrible pente. L'esprit humain, qui a éternellement besoin d'aliments, se trouve depuis quelques années réduit un peu à la portion congrue. N'osant pas s'occuper des grandes questions politiques, sociales, religieuses, philosophiques, quelques journaux trouvèrent une spécialité et un succès dans un récit des faits et gestes du monde élégant.

Des maris lurent de sang-froid les plus incroyables descriptions des beautés de leurs femmes. Il y a vingt ans, on se serait battu avec un homme qui vous aurait parlé du mollet de celle qui porte votre nom. Aujourd'hui, on est très fier lorsqu'un journaliste écrit qu'elle a sur le sein un petit signe noir tout à fait provoquant.

Et elle est même dépassée, cette vérité d'Alphonse Karr, qui prétendait qu'une femme souffletterait, à dix heures du matin, l'ami le plus intime qui la supplierait de lui laisser voir le quart de ce qu'elle montrera à tout le monde à dix heures du soir.

On raconta donc la gorge de madame A...; la hanche de madame B...; la cuissse de madame C...

Indiscrétions ! dira-t-on.

Soit! C'est peut-être ainsi que cela commença, mais ces indiscrétions offrirent tant de charmes que chacun ouvrit sa porte à deux battants, que la vie privée fut tuée et que le premier passant venu eut le droit d'y glisser l'œil.

L'indiscrétion entra tellement dans les mœurs qu'elle devint une fonction officielle !

On changea le nom, voilà tout ; seulement, comme notre langue n'avait pas prévu cette mode, on fit un emprunt à l'Angleterre, on naturalisa le mot *reporter*.

Nous sommes loin du but qui était de retenir le mari à la maison. — La femme a mordu à la pomme, le fruit en est savoureux : elle ira jusqu'au trognon.

Un jour les honnêtes femmes d'une grande ville des Etats-Unis, ennuyées du luxe qu'étalaient les autres et de la place qu'elles prenaient dans la cité, eurent l'idée de faire une ligue. Elles achetèrent tout le calicot qui arrivait sur le marché, à n'importe quel prix, et pendant un an ne portèrent que du calicot.

Toute femme qui n'était pas habillée de calicot était une farceuse. Il arriva que les farceuses se cachèrent.

Faites-moi le plaisir de me dire à quelle hauteur du corsage et à quelle longueur de jupe commence l'honnête femme aujourd'hui ?

A quoi distinguez-vous, dans la rue, une grande duchesse des Variétés, d'une vraie duchesse ?

Bien fin qui me répondra.

Au reste, les journaux élégants n'y vont pas par quatre chemins. — A côté de la toilette et du souper de la marquise, ils racontent la toilette et le souper de la drôlesse.

Hélas ! le peuple lit tout cela, lui qui aime à regarder en haut. Il finit par se prendre la tête à deux mains et à se demander où est la vraie grande duchesse ? Où est la fausse ? Où est la marquise ? Où est la drôlesse ? Où est l'honnête et la malhonnête ? L'Epouse ? La maîtresse ? A qui la jambe ? A qui le sein ? A qui l'épaule ? A qui la cuisse ? A qui la hanche ? Mêli-mêlo ! Société sens dessus dessous, salade sociale ! — Il n'y comprend plus rien, brouille le tout, perd le sens et, la tête brisée, se rappelle cette antique définition de l'honnête femme :

Elle vécut chez elle et fila de la laine !

GUÉ! GUÉ! MARIEZ-VOUS DONC!

Dernièrement, je ne sais plus quel journal donnait le chiffre des demandes en séparation de corps formées l'année dernière : il s'élève à 2,440, dont 2,100 présentées par les femmes.

Ce nombre fait rêver !

2,440 divisé par 365 jours donnent un quotient de 6 plus une fraction de 68 centièmes.

Ainsi, dans notre beau pays de France, il y a chaque jour 6 individus et 68 centièmes d'individu qui demandent la rupture de la chaîne.

Il me répugne de croire que les dissensions intestines soient telles qu'elles envahissent jusqu'à une même et seule personne et que 68 centièmes de son *moi* lui crient en avant, pendant que les 32 centièmes conservateurs veulent s'en tenir au *statu quo*.

J'aime mieux faire abstraction de la fraction et m'en tenir au nombre 6, sauf à rétablir la balance pendant les années bissextiles.

Six individus s'aperçoivent donc, à l'heure où je parle, que leurs illusions se sont brûlées les ailes au *flambeau de l'hyménée*, comme disaient nos aïeux, et redemandent à la justice leur liberté.

Les défauts découverts sont-ils nouveaux ? Je ne puis le penser. — Le mariage, on me l'a appris autrefois, est d'institution divine. Ces défauts existaient donc avant la cérémonie.

Voilà bien l'homme ! Et quand je dis l'homme, je comprends la femme dans cette noble désignation.

Il n'est pas de précaution qu'il ne prenne contre les ruses des marchands. Une femme achète un châle. Il y a dans le magasin une personne qui l'essaie devant elle ; elle regarde, voit l'effet des plis, tâte l'étoffe, et, lorsqu'elle se décide, ne le prend qu'à condition, c'est-à-dire qu'elle se réserve de le rendre dans un laps de temps, s'il ne lui convient pas.

Marchandez un cheval, vous l'expérimentez : vous examinez les paturons, les dents, la queue ; vous le faites marcher, trotter, galoper ; puis, quand vous l'achetez, la loi vous accorde, pendant un certain temps, le droit de réclamer le bénéfice des *vices rédhibitoires*, si, par l'emploi de la teinture et des gingembres, le maquignon est parvenu à vous glisser une rosse au lieu d'un cheval de sang.

Est-ce à dire qu'une femme doive, comme pour un châle, exiger que son mari soit essayé en ménage, par

une autre, pendant quelque temps, et qu'alors elle spé-
cifie qu'elle le prend à condition ?

Ce système présenterait des inconvénients graves, et
je ne voudrais pas assumer sur moi la responsabilité
d'un semblable usage.

D'un autre côté, j'avoue qu'un père de famille aurait
le droit de flanquer à la porte un monsieur qui vien-
drait relever les lèvres de sa fille, lui regarder les dents,
lui faire plier les jarrets, les coudes, et l'inviter à danser tantôt sur un pied, tantôt sur l'autre, avant de se
décider à demander sa main. Cependant je crois qu'il
y aurait quelques précautions à prendre.

Car enfin — et ici c'est en qualité d'homme que je
parle — j'admets que futur prudent, je me suis tracé
un programme duquel je suis décidé à ne pas sortir.

Je suis riche — je ne demande pas de dot — mais je
veux une jeune fille modeste, sage, ne dépassant pas
cinq pieds, rondelette, d'un blond Véronèse, d'une
chevelure abondante et m'apportant un écrin de trente-
deux perles.

Ce que je suis importe peu ; je suis acheteur et non
vendeur.

Les mères de famille qui tiennent l'article *sans dot*
et qui veulent à tout prix se débarrasser de leurs enfants — et malheureusement il n'en manque pas ! —
vont essayer de me rafistoler tous leurs restants de
magasin, pour tâcher de les rassortir à mon échan-
tillon.

Je vais, je cours, je vois, je rencontre mon idéal; je
me présente à la mairie, je vole à l'église ; les gens de

la noce s'en vont. — Nous sommes seuls ; j'entre chez ma femme — ma femme ! le cœur me bat...

Qu'est-ce que je trouve ?...

Un manche à balai qui a déposé sur la table de toilette tous les détails au moyen desquels je m'étais plu à constituer un ensemble séducteur, — une jeune personne qui fredonne une chanson de Thérésa avec la pantomime inévitable. Que faire ? Je suis pris, complétement pris, et je n'ai rien à dire.

Il en est de même pour la femme. — Combien de belles et charmantes filles qui avaient rêvé un homme proportionné à leur âge et à leur caractère et qui rencontrent un jeune vieillard, dont la mise à la retraite a été signée la veille par quatre ou cinq marchandes d'amour.

Sans compter des vices plus graves encore qui peuvent rejaillir sur la santé de la partie trompée et sur celle de sa génération.

L'Etat, qui est si difficile dans le choix de ses soldats, ne réfléchit-il pas que, somme toute, le mariage est la base de la fabrication de l'armée.

Pourquoi, lorsqu'un jeune homme ou une jeune fille va faire publier son premier ban, ne le ou la soumet-on pas à un conseil de révision et ne lui délivre-t-on pas un certificat portant ces mots : *bon pour la paternité* ou *bonne pour la maternité ?*

N'y a-t-il pas un sentiment de bien cruel égoïsme à mettre au monde de pauvres êtres pour qui la vie est une souffrance perpétuelle, — sans parler du danger qu'il y a pour une nation à laisser propager des natúres dégénérées.

Et, lorsque la santé, et par conséquent la beauté, serait devenue un titre au mariage, ces belles filles du peuple, que la misère, ou l'impossibilité de se mettre en ménage, jettent dans tous les chemins de la débauche, ne se sentiraient-elles pas retenues par l'espoir d'un bonheur légitime ?

Ces charmes, qu'un si grand nombre dépensent au jour le jour pour un luxe de mauvais aloi, deviendraient pour elles une véritable dot. Et ici je n'ai pas besoin de faire remarquer qu'au point de vue de la maternité, la courtisane est un être improductif, et que, comme elle est ordinairement belle, la société y perd doublement.

Il est bien entendu que mes rêveries ne pourraient fournir de garantie qu'au point de vue matériel.

Reste l'autre. Hélas ! là j'avoue mon impuissance !

Cependant d'où vient que tant d'unions demandent à être brisées—sans compter celles qui font leur ouvrage elles-mêmes ? C'est que, d'un côté, l'homme regarde le mariage comme l'Hôtel des Invalides de l'amour, et la femme comme l'affranchissement de l'autorité paternelle.

Chaque jour sa mère lui a dit :

— Quand tu seras mariée, tu feras ce que tu voudras !

— Mais si mon mari...

— C'est à toi de savoir le prendre.

De là, dans les procès, ces détails hideux, semblables à cette lettre lue dans les débats d'un procès récent, et où la mère dit à son gendre qu'il doit accorder a sa femme ce qu'elle lui demande, et qu'alors elle s'engage, elle, la mère, à lui faire obtenir de sa fille les récompenses conjugales, de la rareté desquelles il se plaint si amèrement.

On me dira que Jacob lui-même, pendant les sept années qu'il a gardé les moutons de Laban, a dû se priver de laisser voir les défauts qui auraient déplu à Rachel, et, qu'ayant été forcé de prendre l'aînée, en guise de réjouissance tout d'abord — un malin que le beau-père ! — il a dû continuer son petit système de cachotteries pendant les sept années suivantes.

La même observation pourra se faire pour l'autre sexe.

A cela je répondrai qu'on n'étudie pas sa fiancée — on se contente de lui faire la cour — mais on ne doit pas perdre de l'œil la belle-mère. Quatre-vingt-dix-neuf fois sur cent on peut dire : *telle mère, telle fille.* C'est bien le diable si l'on tombe sur le centième cas !

Mais, aujourd'hui, a-t-on le temps de réfléchir. — Non.

On passe un temps infini en enquêtes, lorsqu'il s'agit de placer quelques sous dans une entreprise industrielle ou financière. — Mais pourquoi ces précautions lorsqu'il y va simplement du bonheur de sa vie et de l'honneur de son nom ?

Tout cela est bel et bon — va dire ma lectrice — mais dans la statistique des demandes en séparation — la grande majorité est formée par les femmes ; donc les femmes sont plus malheureuses que les hommes.

Non. — Mais l'homme prend plus facilement son

mal en patience, parce qu'il peut trouver des compensations ailleurs.

Puis il y a une foule de femmes que le besoin de *benoitonner* impunément, à l'abri d'un éditeur responsable, pousse à chercher des motifs de séparation. Or la loi n'en admet que deux : l'adultère ou les voies de fait.

Le premier cas n'est pas toujours facile à trouver.

Alors, dans certains ménages, se passe une assez singulière comédie, que j'appelerai volontiers *la chasse à la claque*. Il s'agit d'attraper un soufflet par devant témoins. On ne s'imagine pas tout le génie que déploient certaines femmes, *malheureuses et persécutées*, pour amener là souvent une nature timide et débonnaire. Lorsqu'elles réussissent, elles sont aussi glorieuses qu'un soldat qui enlève un drapeau :

— Tâtez, mon président, il est encore tout chaud !

Mais la conclusion !

Ma foi, tirez-la vous-même.

LA POESIE DES JEUNES FILLES

Elles étaient là trois générations de femmes : une aïeule, des mères, et cinq ou six jeunes filles charmantes.

Je ne sais quelles senteurs pénétrantes entraient dans le salon avec la brise du soir.

La grande porte qui conduisait au jardin était ouverte ; il faisait trop jour pour demander des lumières, trop nuit pour se bien voir. C'était ce moment du crépuscule, plein de délices et de mystère, où l'on se livre à soi-même, où l'on aime entendre et à ne rien dire, et la grand'mère contait.

Elle disait, comme disent encore quelques rares vieilles femmes, une de ces éternelles histoires d'amour du temps passé.

Une fille de haute race, ruinée, aimant et épousant,

après bien des traverses, un jeune capitaine de l'Empire.

Tout le monde écoutait, cherchant peut-être, dans le récit, une vague satisfaction à ces désirs indécis, gnômes taquins nés d'une chaude journée de printemps.

Après le dénoûment, il y eut un moment de silence pendant lequel chacun sembla savourer ses impressions intimes ; puis l'une des mères se pencha vers moi et me dit :

— C'est beau ! c'est grand ! Mais pourquoi un militaire ? J'eusse mieux aimé un artiste ou un homme politique.

— C'est bien cela, pensais-je, l'Empire et 1830.

Une des jeunes filles s'approcha à son tour :

— Monsieur, dites-nous donc au juste la position d'un capitaine ?

— Mademoiselle, c'est un chef qui commande à une centaine d'hommes.

— Oui, mais... vous savez ?... comme rapport ?...

Je voyais où elle voulait en venir, mais je résolus de laisser ces jolies lèvres se déflorer jusqu'au bout.

— Les rapports d'un capitaine avec les autres officiers sont ceux que les gentilshommes d'autrefois avaient entre eux ; rapports toujours courtois, mais légèrement nuancés suivant le titre de chacun.

Je ne remarquai pas bien le jeu de la physionomie, mais j'entendis un petit claquement de langue, qui voulait dire :

— Je m'explique mal ou vous êtes bien bête — mais je m'explique bien.

Le fils de la maison, un grand fou de vingt-cinq ans, me cria :

— Voyons, tu ne comprends pas : ma sœur te demande combien gagne un capitaine, ce qu'il apporte de sentiments sonnants dans son ménage.

— Dieu ! que tu es crû, Henri ! dit la jeune fille.

— Ah ! répondis-je, j'étais à cent lieues ! De nos jours, le chef de cent héros se paie environ cinq francs dix sous par jour, mais, sous l'Empire, on avait ça meilleur marché.

Elle me dit un petit : « Merci, monsieur ! » bien sec, me tourna les talons et alla rejoindre le jeune groupe, qui se mit à chuchoter, puis partit d'un éclat de rire : évidemment, l'héroïne de la grand'mère venait de se casser les deux ailes et n'était plus qu'un dessus de pendule d'hôtel garni.

— Je comprends, bonne maman, dit Henri en s'inclinant devant la vieille dame, pourquoi nos pères ne fumaient pas. Messieurs, j'ai d'excellents cigares ; qui les aime me suive !

Et il passa au jardin. J'en fis autant. Franchement, ces jeunes filles méritaient la leçon.

En franchissant le seuil, j'aperçus, appuyée contre un des montants de la porte, rêveuse et isolée, une ravissante petite blonde, la nièce de la maison.

— Vois-tu, me dit Henri, lorsque je l'eus rejoint, nous déclinons tous, et la femme en est cause. Nos mères eussent demandé : « Était-il brun, blond, grand, petit ? » Celles-ci veulent supputer le prix du combustible qui entretiendra leurs feux. Écoute-les causer : elles sont plus réalistes que des blanchisseuses.

Tout à l'heure, l'une d'elles disait aux autres :

— Vous rappelez-vous Valentine ? Elle est mariée, m'a-t-on dit. Elle est très heureuse : son mari dirige des salines et gagne une cinquantaine de mille francs par an. C'est un homme encore jeune. Il n'a que quarante ans !

— Pouah ! fis-je.

— La *bicherie* est un virus qui a pénétré dans toutes les classes de la société. Le mariage ? C'est un lorettisme, avec bail perpétuel, garanti par la loi et le bon Dieu.

C'est tellement vrai, qu'au théâtre, regarde-moi ce qu'on fait des amoureux : des ingénieurs et des maîtres

de forges ! Décidément, je garde Flanquette... ou plutôt ma part d'actions dans le cœur de la drôlesse ; je
touche mon dividende, ça me suffit : elle fait quelquefois des appels de fonds... Mais, vraiment, les affaires
sont si difficiles... Et puis, ma foi ! quand ça m'en-
nuiera, je négocierai.

Et toutes ces petites... spéculatrices sont saisies d'in-
dignation lorsqu'un pauvre diable, près de faire le saut
périlleux, pose la main sur son cœur pour l'empêcher
de causer, et pince la bourse du futur beau-père pour
lui faire dire s'il aura la paix chez lui.

— Mais, interrompis-je, tu as tort de généraliser. Il
y a des exceptions.

— Une !

— Tiens, cette jeune fille qui rêve à la porte du salon. Évidemment, elle voyage en croupe avec le beau
capitaine.

— Elle ! Tu n'as pas de chance ! Mais, malheureux,
elle n'a seulement pas entendu le premier mot de l'air
de guitare de la mère-grand' ! C'est une orpheline
pauvre, fille d'une sœur de mon père. Comme tout
cousin qui se respecte et de tant soit peu d'usage, j'ai
été amoureux d'elle. Elle m'a écouté en souriant, et
m'a répondu ceci :

— Henri, vous êtes jeune, vous avez cinq mille
francs de rente, héritage de votre marraine : c'est suffisant pour un jeune homme ; mais pour un mari,
pour... un père, car il faut tout prévoir, c'est la misère.
Obéissez à vos parents ; travaillez avec votre oncle, et
je suis votre femme !

Je lui ai répondu :

— Ma chère Lydie, je suis trop jeune et pas assez laid pour acheter ma femme. Mon affection pour elle me ferait très probablement sortir de cette oisiveté adorable, que j'aime, à défaut d'autre chose, mais que votre petit discours me rend plus chère encore : nous resterons cousins, et je vous invite pour la première polka de votre bal de noce.

Elle rêve en ce moment : c'est vrai. C'est que depuis huit jours elle a été demandée en mariage par un jeune docteur, médecin des hôpitaux et décoré, et par un vieil avoué de cinquante ans, grincheux et podagre. Elle croit qu'elle hésite, mais je parie cent louis qu'elle prendra le vieux.

— C'est affreux ! Mais alors, qu'aiment donc ces jeunes filles ?

— Briller ! Ce sont des mannequins de couturière !

— Pauvre garçon, tu n'as donc pas d'illusions ?

En ce moment, des voix fraîches et sonores crièrent :

— Messieurs, le thé !

Et une fillette de quatorze ans, que j'avais connue enfant, me sauta au bras, en me disant :

— Arrivez donc, vilain fumeur !

En entrant au salon, sa mère la gronda.

— Tu es trop grande maintenant, Rosine, pour te permettre de pareilles familiarités avec un jeune homme.

Je fus flatté, mais la voix de Henri me fit tomber des hauteurs de ma vanité.

— Oh ! avec lui, s'écria-t-il, il n'y a pas de danger ; il vit de sa plume.

— Sont-elles donc toutes ainsi ? pensai-je.

— Peut-être, répondrait Montaigne !

SAINTE MARIE CAPELLE

PRIEZ POUR NOUS !

Une nouvelle édition des *Heures de Prison* vient de remettre madame Lafarge à la mode.

Elle n'est pas encore vierge ; mais elle est déjà martyre !

D'ici à peu, quelque grimaud de romancier aura démontré, clair comme eau de roche, que ce Barbe-Bleue de Lafarge, par une grâce divine, n'a fait qu'avaler le poison préparé par lui pour l'intéressante Marie. Malins, du reste, les gazettiers de ce temps ! Ils savent bien que, dans son gros bon sens, le peuple a placé la Lafarge sur le même rang que la Brinvilliers et les autres empoisonneuses ; aussi lui donnent-ils son nom de fille : Marie Capelle.

C'est à qui viendra lâcher sa petite larme sur cette triste figure.

La grande raison, c'est qu'elle était assez jolie et surtout qu'elle avait de la littérature !

Et tous ces braves gens qui pleurnichent sur les malheurs de cette pâtissière à l'arsenic, n'ont pas eu assez
d'horreur pour le crime de l'idiote monomaniaque de
quinze ans qui, dernièrement, tuait bêtement les enfants en leur faisant avaler leurs excréments.

Eh bien ! j'en suis fâché pour leur sensiblerie, mais
si j'avais à dépenser des sympathies au profit des héros
de cour d'assises, ce n'est pas encore sur la femme Lafarge que je les verserais.

Je viens de relire le procès — je viens de relire ces
Heures de Prison ;—plus que jamais, je suis convaincu
que les juges ont prononcé en toute équité et que, de
plus, l'empoisonneuse était doublée d'une hideuse co-
quine. Avant son mariage, n'y a-t-il pas eu quelque
chose comme un chapitre de roman ébauché avec un
jeune homme quelconque — qui avait de la littérature
aussi — on a cité des vers ! — et qui est allé chercher
l'oubli en Afrique ?

Hé mais! si l'on s'aimait, — il n'y avait qu'à s'épouser, parbleu ! La République française a inventé naguère un magistrat, dont la fonction est de demander
aux blanches fiancées qui se présentent devant lui, si
c'est bien de leur gré qu'elles y viennent. Ce magistrat
a survécu à toutes les révolutions et s'appelle : Monsieur le maire.

C'est vrai;... mais on était pauvres tous deux, et
travailler est une bien rude chose, — voyez Lafarge :
— Cet homme, me disait hier une dame, était idiot et

avait les mains noires! Vous figurez-vous cette blanche jeune fille entre les bras de ce..... brr! ça fait frissonner!

En effet, les aventures de Vulcain, son confrère, eussent dû éclairer un peu ce maître de forges. Quant à la noirceur de ses mains, dam! c'est un peu grâce à elle que celles de madame sa femme pouvaient rester blanches.

Puis cette belle-mère, — cette affreuse belle-mère, — qui avait l'infamie de s'apercevoir que son fils n'avait pas de bonheur pour son argent, et qui regimbait sous l'éperon, lorsque la belle demoiselle, venue de Paris, narguait la simplicité de cette vie de travail et de devoir.

Puisque vous admettez sous le nom de mariage avantageux — ce marché passé entre une fille qui n'a que son corps et un homme qui a de l'argent, — ayez au moins la probité des filles, remplissez loyalement, et sans rechigner, les conditions.

Trève aux bégueuleries et appelons une bonne fois les choses par leur nom : vous dites tout simplement ceci :

« Vous me logerez bien, — me nourrirez de mets
« recherchés, vous pourvoirez à mes goûts de luxe, —
« vous me reconnaîtrez une fortune, que je n'avais pas,
« dans le cas où je deviendrais veuve. Moyennant
« quoi, — je serai votre femme, — c'est-à-dire, mon
« corps vous appartiendra, à vous seul, — les enfants
« que je ferai seront de vous et j'aurai pour vous l'af-
« fection et les soins qu'on se doit entre époux, —

« c'est-à-dire, bien qu'il n'y ait pas d'amour chez
« moi, — je jouerai la comédie de l'amour ! »

Vous faites du commerce, ayez la loyauté commer-
ciale, ou alors stipulez dans le contrat que le mari
s'engage, dans les six mois qui suivront, à se brûler la
cervelle.

La circonstance atténuante, parmi les rares qui reconnaissent la culpabilité, c'est que c'était une femme
supérieure.

En saine morale, — c'est au contraire la circonstance
aggravante. Elle n'a pas pour excuse l'ignorance et le
défaut d'éducation. C'est une femme supérieure, donc
elle s'est bien vite aperçue de la différence qu'il y avait
entre elle et l'homme qui la recherchait.

Admettons, ce qui n'est pas, que la nullité de son
mari ne se soit révélée à elle que plus tard. Elle n'avait
qu'à profiter de son influence sur lui, et de sa supériorité pour l'élever à son niveau.

Et en supposant même que la cure fût impossible, à
défaut des grâces d'un conducteur de cotillon, n'avait-
il pas, en définitive, une certaine majesté, ce bonhomme, commandant, au milieu de son usine, à ses
noirs forgerons ?

Pour une *âme affamée de poésie* (style de l'époque),
il y avait encore à glaner là-dedans, sans parler du rôle
de providence à jouer auprès des familles de ces serfs
de l'industrie.

On a laissé tomber l'accusation de vices hideux sur
M. Lafarge. Chansons ! S'il y avait eu l'ombre de motifs à procès en séparation, la blanche Marie s'en fût

saisie avec empressement. Mais non ! Madame La-farge appartenait à cette catégorie de femmes qu'on appelait du temps de nos pères : les *femmes incomprises ;* qui avaient du vague au cœur, parce qu'elles n'avaient rien dans le cœur — race aujourd'hui disparue, et qui, dans notre temps de bonnets par dessus les moulins, a été remplacée par les *Benoîtonnes.* — La *Benoîtonne,* c'est l'*incomprise* qui commence à se faire comprendre. Mais à quoi bon tout cela ! La note est donnée, et tout le monde va chanter en chœur.

Allons-y donc ! Entonnons le *Sancta Maria Ca-pella, ora ora nobis,* et n'en parlons plus.

LA VIEILLE FILLE

Elle n'a pas fait de vœux et mourra
vierge.

VELNAC — *Des Femmes.*

Les romanciers et les poètes en ont fait un être
envieux et haineux. Le monde la fait ridicule.

Les romanciers et les poètes sont injustes ; le monde
est bête.

Parce qu'on la voit pâle, amaigrie, anguleuse souvent, l'œil enfoncé et bistré, la taille raide, manquant
de moelleux dans les mouvements et de grâce dans les
attitudes, — on la trouve laide.

On oublie tout ce que le premier baiser de l'amour
donne de perfection à la beauté. Elle, — de loin, — du
coin que lui ont assigné les conventions sociales, elle a
comme les autres regardé l'amour, et l'amour a passé
près d'elle sans la toucher.

On attribue son impassibilité à de la sécheresse. Qui saura tous les trésors de tendresse qu'elle est obligée de conserver ?

Elle est dans la position d'un richard dont les marchands et les pauvres ont refusé l'argent et que le public traite d'avare.

Dans toute femme, la nature a mis une mère ; la société a modifié cette loi.

Elle a eu seize ans comme tout le monde ; elle a eu la fraîcheur de l'âme. Elle a été gaie comme un pinson et légère comme un papillon.

Elle a certainement charmé ; et, à coup sûr, un homme, un seul si l'on veut, mais enfin un homme a rêvé un instant, en la regardant passer.

Elle a, comme toute jeune fille,—prononcé d'instinct ce mot : *Quand je serai mariée*, — parce qu'elle sentait en elle la vocation que la nature met dans le cœur de chaque femme.

Un homme s'est approché de sa sœur, lui a parlé tout bas : sa sœur a rougi. Elle, palpitante, a regardé cela de loin... Puis un beau jour, il y a eu grande fête à la maison, puis grand deuil. Cet homme avait emmené sa sœur et ils étaient allés créer une famille de leur côté.

Sa mère, en soupirant, l'avait embrassée et lui avait dit : Bientôt ce sera ton tour et tu me quitteras comme elle.

Elle avait répondu : Non ! — Mais la nuit elle avait rêvé qu'elle aussi était vêtue de blanc, que les orgues chantaient joyeuses et qu'un beau jeune homme était à ses côtés.

Et elle passait de longues heures à rêver de son rêve.

Elle était distraite, préoccupée, et lorsque sa mère lui demandait :

— A quoi penses-tu donc?

Elle baissait la tête, rougissait et murmurait:

— A rien.

Un jour, elle retrouve ses chansons, ses yeux pétillent, le bonheur ruisselle de tout son être.

Elle a entrevu le jeune homme du rêve.

Il n'y a plus qu'à attendre.

L'année n'est pas même écoulée que lui, — qui n'a même pas fait attention à elle, — a pris une autre jeune fille.

Elle soupire, — se dit : Ce n'était pas lui.

Puis la rêverie d'autrefois devient de la mélancolie.

Ces mélancolies sont intermittentes, elle s'en vont, puis reviennent, plus sombres toujours.

Des jeunes gens lui disent des mots indifférents, auxquels elle attache une portée cachée et elle se demande à chaque instant :

— Sera-ce celui-ci? — Sera-ce celui-là?

Les jeunes gens disparaissent emmenant des compagnes; elle attend toujours.

Toutes les amies de son âge sont devenues des femmes, des mères.....

Sa mélancolie devient de la tristesse.

— Pourquoi donc ne suis-je pas aimée? soupire-t-elle. Mon miroir ne me dit pas que je suis laide, et mon cœur m'assure que j'aimerais bien.

Elle languit doucement — la famille fait venir le médecin, qui tâte le pouls, fait tirer la langue, fronce le sourcil, réfléchit un instant, puis écrit sur un bout de papier :

Sous carbonate de fer, au moment de dîner, dans une cuillerée de soupe. Vin de quinquina, un petit verre matin et soir.

Imbécile ! Il fallait écrire : *Prendre un mari.*

Elle mange son fer et boit son quinquina, et elle languit toujours.

La nuit on l'entend sanglotter! Celles de son âge sont mariées depuis longtemps.

— Les plus jeunes qu'elle, partent à leur tour.

Un jour sa mère tombe malade. Elle ne songe plus qu'à elle : elle est sans cesse debout, ne dort pas, combat la maladie, essaye de la terrasser, mais la mort frappe.

Quand les larmes sont séchées, elle regarde autour d'elle ; elle est seule, toute seule.

Alors, si sa sœur a des enfants, elle la supplie de la prendre avec elle, et elle commence ce terrible métier de mère de second rang, — la mère qui n'a pas procréé.

On l'appelle *tonton*, on rit d'elle, on la fait tourner. Les hommes oublient que, si elle n'est plus jeune fille, elle est toujours chaste et vierge et parlent devant elle comme devant une femme mariée.

Si sa sœur ne veut pas d'elle, — ou qu'elle n'ait pas de sœur, — de désespoir, la mort au cœur, elle se jette dans la dévotion ; mais l'amour de Dieu, — c'est toujours l'amour de l'inconnu, — il lui faut du réel, du

6.

vivant. Elle prend des bêtes, des chiens, des chats et des oiseaux et elle les aime et se dévoue pour eux.

Elle a un besoin de dévouement, — ce besoin qui est dans le cœur de toutes les femmes.

Parfois elle maudit les convenances sociales qui ont donné à l'homme le droit d'activité et à la femme le devoir de passivité. Peut-être, si elle avait pu aller vers un de ces êtres qui l'ont regardée un instant, si elle avait pu lui dire :

— Vous me plaisez, je vous aimerai ; prenez-moi !

Peut-être, à l'heure qu'il est, serait-elle mère de famille comme les autres.

Car c'est une loi de la nature : pour toute femme, il y a un homme.

Mais la civilisation a modifié cela ; elle a créé la guerre qui en tue, et le vice qui en stérilise.

Pourtant, elle voit passer couvertes de richesses, entourées d'hommes beaux et jeunes, des filles immondes, beaucoup plus laides qu'elle, beaucoup plus âgées, qui sont bêtes et qui n'ont pas de cœur.

Elle ne peut se rendre compte de ce phénomène étrange, en vertu duquel un homme n'épousera pas une vierge jeune, charmante, parce qu'elle n'a pas d'argent, et vivra en concubinage avec une gourgandine vieille, laide et qui le ruine !

Sa vie s'écoule inutilisée par la sottise humaine. Mais qu'il s'agisse d'abnégation, de dévouement, d'héroïsme, elle est là debout, vaillante.

On dirait que tous les nobles sentiments qu'elle avait dans le cœur, et qui ne pouvaient s'épandre au dehors, ont centuplé de force par la concentration.

Lisez l'histoire annuelle des grandes actions, — les vraiment grandes, — le rapport de l'Institut pour le choix des prix de vertus.

Les héros sont tous de vieilles filles !

Et, pour dix qui arrivent à la publicité, combien restent dans l'ombre !

Riez donc d'elles, riez-en toujours. Pour moi, lorsque j'en rencontre une, mon front se courbe avec respect comme devant une grande vertu, et mon cœur se serre comme devant une martyre.

EST-CE LE LUXE?

M. Dupin a prétendu que le luxe perdait les honnêtes femmes. Il y a peut-être du vrai, mais il n'y a pas tout le vrai dans cette affirmation.

Cependant, c'eût été un événement unique dans notre histoire que de voir le premier magistrat de l'empire fulminer devant le Sénat, réuni en audience solennelle, un réquisitoire contre une des causes les plus grandes de notre dissolution sociale.

Quel spectacle pour une nation que de voir ses vieillards, l'expérience, la sagesse et l'honneur de leur temps, rappeler leurs enfants aux vertus dont ils ont donné l'exemple naguère !

On n'a pas cru devoir déployer un appareil aussi formidable, et le réquisitoire s'est réduit à une causerie.

Il est bien regrettable que le grand âge de M. Dupin

l'ait empêché de flâner dans Paris, il eût évité cette erreur qui a étonné tout le monde :

Il y a 40 ou 50 ans, tous ceux qui par leur âge peuvent se reporter à ce souvenir, se rappelleront que la prostitution se promenait ouvertement dans les rues de Paris ; le Palais-Royal n'était pas tenable, c'était une exhibition continuelle ; les femmes honnêtes n'osaient même pas le traverser. Tout cela a disparu, la prostitution est rentrée dans les maisons.

Eh bien ! nous sommes fâché d'être forcé de l'écrire, mais rien n'a disparu. La prostitution n'est pas rentrée dans les maisons, parce que le nombre des maisons a diminué, et le nombre des maisons a diminué parce que la prostitution préfère sa liberté. — On a balayé le gros du Palais-Royal, c'est vrai ; mais au lieu d'avoir un quartier unique réservé à l'infamie, l'infamie s'est répandue sur tous.

A deux heures de l'après-midi, les marchandes d'amour font leur commerce en pleins boulevards ; dans le jardin du Palais-Royal, à l'heure de la musique ; dans le jardin des Tuileries, même à partir de 4 heures. Gavroche appelle ces dernières les *Dînerai-je.*

Elles ont pris d'assaut les chaises des promenades publiques, au point que les honnêtes femmes n'osent plus s'y asseoir.

Le nombre des prostituées a décuplé depuis le temps d'innocence, dont parle M. Dupin. La lorette n'existe plus. L'entretien d'une courtisane est une charge trop écrasante pour une seule caisse, et les progrès de la

commandite ont tranché la question. La fille entretenue s'est mise en règle avec la voirie et a créé des actions et des obligations; les intéressés sont de leur
temps : ils ont l'esprit d'ordre, et le paiement des dividendes s'effectue sans encombrement.

Les femmes dites honnêtes se sont trouvées insul-
tées par le luxe des filles, et elles ont pris leurs toilettes.
Ce qui était arrivé pour l'enteneur s'est présenté
pour le mari : le budget n'y a pu suffire. Alors, comme
le temps est à la spéculation, elles ont fait comme les
propriétaires de Paris, qui avaient autrefois une petite
maison et un jardin. Elles ont réservé dans leurs cœurs
l'indispensable au ménage et ont fait des lotissements
avec le reste.

C'est ce que M. Emile Augier appelle les *lionnes
pauvres*.

Parlerai-je de la Suzanne d'Ange, qui occupe un degré au dessus ?

Parlerai-je de la petite fille qui occupe un degré au
dessous ?

A quoi bon ? Irrégulières ou régulières, mettons tout
cela dans le même sac et inscrivons-y carrément le gros
mot de nos pères !

Maintenant que nous avons constaté le fait, cherchons
la cause. Le luxe, dites-vous ?

Le luxe a existé de tout temps, et nos mères y ont
résisté. Savez-vous pourquoi ? Parce qu'à cette époque
vivait encore ce qu'on appelait le *sentiment du devoir*.
Le prince *Succès* ne régnait pas encore sur la société
humaine, et on lui demandait ses papiers quand il en-

trait quelque part. La femme tenait à rester digne du mari. L'honneur de l'une n'était pas placé au même endroit que celui de l'autre, mais chacun gardait le sien. Le jour où l'être auquel la jeune femme avait accroché l'idéal de ses rêves, qu'elle avait vu grand, fort, loyal, constant, marchant droit dans la vie, le jour où cet être est tombé à ses yeux, la femme a été perdue. Le jour où il a démontré à l'esprit fragile de sa compagne que ses croyances de jeune fille étaient des niaiseries, que la faillite n'était qu'une liquidation, l'apostasie une habileté, la violation des serments de l'adresse, que la fraude et le faux poids n'étaient que l'entente des affaires, l'homme a fait, à coup sûr, du proxénétisme.

Que M. Dupin en soit sûr, c'est le prostitué qui a fait la prostituée.

Eh quoi ! le mari aura capitulé avec son honneur à lui pour briller par la fortune, la puissance, le succès, il aura trahi, je suppose, son parti, pour une haute situation, et, dans ce couple parfaitement assorti, la femme seule recevra les pierres, parce qu'elle aura suivi son exemple.

Injustice ! Quand une femme s'est déshonorée une fois, à moins d'être née pour cela, c'est qu'elle a vu son mari se déshonorer dix fois.

Voilà mon opinion, mais j'aurais voulu la voir exprimer devant le Sénat par la bouche autorisée de M. le procureur général Dupin.

Le public eût trouvé quelque piquant à cette conférence dans un pareil lieu.

CE QUI FAIT QU'ON NE SE MARIE PLUS

— Entrez! m'écriai-je.

Et mon ami Jean entra dans ma chambre. Nous nous embrassâmes, Dieu sait comme : dix ans sans se voir!

Il était embelli. Il avait acquis cette beauté robuste que donne la vie en campagne. Les hâles de l'Afrique, de l'Asie et de l'Amérique avaient chauffé son teint. On sentait, sous son uniforme un peu débraillé — à l'africaine — cette saine et vigoureuse maigreur des gens actifs.

— Ouf! — dit-il en se laissant tomber dans un fauteuil et en prenant un cigare, et toi?

— Toujours la même chose. — Une vie passée entre le fleuve noir et le fleuve jaune — entre mon encrier et le macadam. Portant au macadam ce qui sort de mon encrier et reportant à mon encrier ce que j'ai ramassé sur le macadam. Vie absurde et sans but, où l'on émiette son esprit, son cœur et son talent, quand on en a, sans profit pour ceux qui vous lisent et sans espoir de laisser après soi l'ombre d'un souvenir.

— Bast! j'aime encore mieux ma vie à moi et je repars dans huit jours.—J'avais demandé un semestre. J'en ai déjà assez. On ne s'appartient pas ici. J'ai besoin de me revoir. J'ai la nostalgie de moi-même. Figure-toi que j'ai failli me marier. C'est toute une histoire.

— Une histoire ? — tu vas me conter cela.

***

Et Jean commença ainsi :

— J'étais à l'hôpital de la Vera-Cruz, travaillé par quelques fièvres, quand je reçois cette lettre de mon père.

« Mon cher Jean,

« Tu es capitaine, tu es décoré, tu as trente-deux
« ans, en voilà douze que tu batailles contre toutes les
« nations du monde : tu dois commencer à éprouver
« le besoin de quelque repos. Il serait temps de te
« marier. Tes deux sœurs sont déjà mères de famille,
« — je n'attends plus que toi pour me retirer des
« affaires et jouir enfin de la fortune que je vous
« ai ramassée. Tu auras cent mille francs comme
« chacune de tes sœurs. Demande un congé de conva-

7

« lescence. Viens à Paris. Ta position, tes avantages
« personnels et ce que je te donne nous permettront de
« trouver, dans notre monde, une femme deux fois
« plus riche que toi. — Hé! hé! qui sait, monsieur
« l'officier, si déjà une jolie... mais je vais être indis-
« cret. Viens! »

J'arrive ici — il y a un mois. — Depuis dix ans, je
n'avais vu ni ma mère, ni mes sœurs. Ma bonne mère!
Quand je partis, j'avais remarqué quelques fils d'argent
dans sa chevelure. Elle doit être toute blanche aujourd'-
hui, me disais-je. Et mes sœurs! l'aînée faisait sa
première communion. Je la vois encore avec ce voile
virginal et cette chaste robe montant jusqu'au cou.
Aujourd'hui, c'est une sévère mère de famille.—Voyons
quels sont mes beaux-frères ?

J'arrive. — Mon père m'embrasse et m'apprend que
toute la smala est aux bains de mer et que nous partons
le soir même pour les rejoindre.

— C'est tout ce que tu as, en fait de toilette, me dit-
il en me voyant prendre ma valise.

— Oh! mais, j'ai là-dedans un habillement bourgeois et ma grande tenue.

— Heu! heu!

— Bah! la paire d'épaulettes nº 1 remplace, pour
nous autres, parfaitement l'habit noir, et le ceinturon
d'or la cravate blanche.

— Enfin, tu en seras quitte pour écrire à ton tailleur.

Nous arrivons à Trouville — il était minuit : — tout

le monde était couché. — Après avoir ravitaillé la place
d'armes, je me fourre dans les draps, attendant le lendemain avec impatience. — Au petit jour — tu sais,
l'habitude — je saute à bas du lit et je vais faire un
tour sur le bord de la mer, loin de la plage officielle,
en fumant ma pipe.

Vers onze heures et demie je reviens. — Le domestique m'annonce que tout le monde est au salon. —
J'entre comme un boulet. Quelque chose de rouge, de
bleu, de jaune, de noir, me saute au cou, en pleurant.

— Jean! mon pauvre Jean!

Je regarde, je reconnais ma mère! — Mais ma mère
comme je ne l'avais jamais vue.

Les cheveux plus noirs qu'avant mon départ. — Du

blanc, du rouge sur les joues.—Une robe jaune relevée sur une jupe rouge, un petit chapeau avec des plumes d'état-major.

A peine ai-je le temps de me remettre, que d'autres masques me tombent dans les bras.

— Jean ! Mon bon Jean !

Ce sont mes sœurs. — Puis tout un carnaval qui me salue ; — je regarde avec des yeux hébétés.

On arrivait du bain.

Mes sœurs, comme presque toutes les jeunes femmes ou jeunes filles—je ne distingue plus—qui se trouvent là, ont des jupes qui leur arrivent à peine aux genoux — des bottes collantes avec glands hongrois — des espèces de tricornes Louis XV et des cannes. — Elles me présentent deux gaillards, barbus, moustachus, gantés de rouge, habillés comme les petits garçons de notre temps — un compromis entre le Breton et le zouave : ce sont mes beaux-frères.

Le domestique annonce qu'on est servi, — ma mère prend mon bras et nous passons dans la salle à manger.

Je te jure sur mon honneur que j'allais demander si l'on avait un petit bal masqué, — lorsque la conversation de ces dames m'apprit que rien d'anormal ne se passait.

Pendant tout le temps du repas, on ne parla que chiffons : les femmes, chiffons de toilette, —les hommes, chiffons de papiers, — actions, coupons, etc.

— Oui — me dis-je — voilà les deux pivots — argent et chiffons. Ah ! notre bonne table de régiment, où

l'on est si bon enfant, si naïf, si bête, mais au moins
où l'on parle avec son cœur !

Ils étaient là seize ou dix-sept — tous *ejusdem
farinæ*, de la même farine — et me tenant, j'en suis
sûr, pour un idiot. — Que veux-tu ? je n'y étais plus.
— Il y a dix ans, quand je suis venu pour la dernière
fois — cela s'indiquait déjà — mais je n'aurais jamais
cru que cela dût faire des progrès aussi rapides.

Après le café, les dames disparurent. Au bout d'une
demi-heure que nous fumions entre hommes, je m'a-
perçus que chacun tirait sa montre, lorsque mon père
me dit :

— Tu ne seras pas habillé pour la promenade. — Il
est temps. — Ces dames vont être prêtes.

— Moi, répondis-je, je suis prêt depuis ce matin.
J'avais ma petite tenue et un gilet blanc.

Mon père, un peu ahuri, disparut à son tour avec les
autres hommes.

Au bout d'un instant, tout le monde revint au salon.
— Changement complet. — Cette fois les robes sont
plus longues ; mais ce qu'elles gagnent en bas elles le
perdent en haut. — A peine une mince gaze couvre-
t-elle la gorge, qui ne devient invisible qu'à l'endroit
juste où la nudité se complète.

Te dire l'effet que me cause la vue de mes sœurs
dans cet état !... non, c'est impossible. Leurs modes
avaient froissé mes sentiments les plus sacrés. Pourtant,
je m'approche de mes beaux-frères.

— Ah ! ça ! leur fais-je observer, vous allez laisser
sortir vos femmes toutes nues comme cela ? Ce matin,

c'étaient les jambes, maintenant c'est la poitrine. Qu'est-ce que ce sera donc ce soir?

Ils se mettent à rire et l'un d'eux, en me tapant sur l'épaule, regarde l'autre et d'un air de compassion :

— Retour du Mexique ! murmure-t-il.

Que te dirai-je, mon cher, j'ai compté jusqu'à cinq toilettes par jour. — La tête travaille à inventer les extravagances les plus insensées et le temps s'écoule à changer de vêtements.

Il y avait là une belle fille brune, que mon père cajolait d'une certaine façon—à laquelle mes sœurs faisaient de temps en temps des signes, en me regardant et qui avait les plus belles jambes et la plus splendide poitrine du monde... dire qu'aujourd'hui l'on peut conter tout cela d'une femme sans se flanquer un coup d'épée avec son frère ou son mari ! Eh bien ! mon cher, si je ne m'étais pas aperçu de ce petit manége, peut-être que... le diable m'emporte ! — mais lorsque je vis les travaux d'investissement :

— Halte-là, me dis-je, mes gaillardes : vous ne m'entamerez pas.

Et, à partir de ce moment, j'étudiai.

Je jouais souvent avec les mioches, entièrement livrés aux mains de leurs nourrices. — Ils poussaient des cris, lorsque leurs mères voulaient les prendre, me tendaient, à moi, leurs petites menottes et riaient en sautant sur mes genoux et en jouant avec ma croix.

On me trouvait naïf; mais, un jour, je résolus de rompre les chiens.

La conversation était, comme toujours, sur la toilette

— la veille il y avait eu bal et l'on parlait d'une dame qui avait fait sensation.

— Cette rivière d'émeraudes faisait encore ressortir la blancheur de sa gorge... l'avez-vous remarquée, capitaine, dit quelqu'un, qu'en pensez-vous ?

— Je pense, répondis-je, que son mari doit s'attendre aux accidents les plus graves, et qu'une honnête femme ne doit montrer ses seins que dans une circonstance : — lorsqu'elle allaite son enfant. Voilà la seule raison pour laquelle la nature lui en a donné.

— Oh! oh! est-il inconvenant ce vilain soldat, s'écria ma mère!

— Non, mère, ce n'est pas le soldat qui est inconvenant. Ce ne sont pas non plus les femmes d'aujourd'hui, puisqu'elles ne s'en rendent même pas compte : c'est le temps!

— Mais à t'entendre, vraiment, mon ami, on dirait qu'il n'y a pas d'honnêtes femmes.

— Pardon, mère, mais celles qui resteront honnêtes aujourd'hui auront double vertu, car l'éducation qu'on leur donne est déplorable et, bien que, jusqu'à présent, je n'aie pas rencontré une seule chose qui me fît peur — je déclare que je recule de terreur devant le mariage.

Mon père se mordait les lèvres; la belle brune rougissait un peu. Sa mère, une personne longue et maigre, ce qu'on est convenu d'appeler une femme distinguée, avait des impatiences dans les mains et, se tournant avec douceur :

— Mais quelle est donc cette éducation terrible, monsieur ?

— Mon Dieu! madame, permettez-moi de me servir d'une parole un peu militaire. Chez nous, quand on offre l'absinthe à un individu, on doit l'inviter à dîner. Eh bien! les mères, en habillant leurs filles le matin, leur disent : Ma fille, tu offriras l'absinthe à tous les hommes dans la journée, mais tu ne dois donner à dîner qu'à ton mari.

— J'avoue, capitaine, que n'ayant jamais servi, je ne saisis pas très bien.

On se leva et l'on passa au jardin.

— Maladroit, me dit mon père, en me prenant le bras, une fille superbe et qui t'aurait apporté deux cent mille francs.

— Qui se serait apporté deux cent mille francs, mon père, c'est-à-dire la moitié de ce qu'il lui faudra à elle. Mes moyens ne me permettent pas d'épouser une femme aussi pauvre... ou aussi riche.

* * *

— Et c'est ce qui fait, mon vieux, que je ne ferai jamais qu'un oncle ; — ai-je raison ! me dit Jean.

— Cent fois, lui répondis-je.

Et vous, lecteurs, qu'en pensez-vous ?

COMMENT ON DEVIENT FILLE

> M. S... vient d'être condamné à fournir
> à Céline L.., son apprentie, une pension
> alimentaire annuelle et viagère de 3oo fr.
> *(Tribunal civil de la Seine.)*

Ils sont quelques-uns comme cela, haïssant la noblesse et méprisant le peuple. Ils ont mis soixante ans
à arriver à la corruption que la première n'a atteinte
qu'après des siècles de domination. L'autre régnait au
nom de l'épée, de la gloire acquise, des services rendus,
— eux gouvernent au nom de la pièce de cent sous.

Le seigneur, niché sur la colline, écrasait le domaine ;
mais, du haut de son aire, il observait le pays, et quand
le danger approchait, il déployait sa bannière, sortait
avec ses hommes d'armes et fondait sur l'ennemi.

Ceux-ci envoient le peuple se battre à leur place, et
si le Prussien nous passait sur le ventre et entrait à

Paris..... qui sait? Peut-être allumeraient-ils leurs lampions et chercheraient-ils dans leur collection le drapeau jaune et noir pour l'accrocher à la porte de la maison.

Le noble avait son culte : son Dieu et son roi. Lorsque tout s'écroula, il suivit ses maîtres dans l'exil, abandonnant ses richesses et vivant à l'étranger, en donnant des leçons de danse ou d'armes, et en assaisonnant des salades.

On crut dix-huit ans qu'eux aussi avaient un roi, mais, lorsque 48 éclata, ils l'abandonnèrent lâchement et n'eurent pour lui que des coups de sifflet! ils ne croient pas en Dieu, mais font semblant, et leur souverain s'appelle *succès*.

Après le lion — le chacal; après la fièvre typhoïde — les poux. Naguère, ils vivaient dans leurs retraites, mettant quarante ans à faire leur fortune, — grapillant à droite et à gauche — c'est vrai — mais possédant certaines qualités.

Aujourd'hui les fils savent que le pavé est à eux et, Shyloks en bottes vernies, ils dévorent à pleines dents, voulant jouir, trôner, parader, faire la roue, construire leurs fortunes en quelques années. S'ils tiennent boutique, ils ont certains priviléges de déshonneur. La loi leur permet de *faillir*. Ils en usent largement.

Pour tout le monde : *Qui doit cent francs doit cent francs.*

Pour eux, quand ils le veulent : *Qui doit cent francs doit trois francs, doit un franc, doit dix sous.*

Lorsque ça leur arrivait, leurs pères se brûlaient la cervelle ; eux s'en vont déjeuner au cabaret.

— Comment ça va-t-il?

— Très bien.

— Quoi de neuf?

— Rien. Garçon, terrine de foie, une bouteille de Château-Yquem. Ah! vous savez, j'ai déposé mon bilan. Je donne deux pour cent.

— Continuez-vous?

— Ah! oui, mon affaire n'est pas encore faite.

Leurs femmes sont couvertes de soie, de bijoux et de dentelles, — la vieille grand'mère qui n'a pas été habituée à ces allures et qui n'a jamais eu que son châle de noce et son alliance, branle son vieux chef et demande sérieusement à sa fille si elle n'a pas peur d'être remarquée dans son quartier, en sortant ainsi affublée en comédienne.

L'autre lui rit au nez en lui chantant un couplet de *la Belle Hélène*, et la vieille baisse le front en murmurant :

— Ce n'est plus comme de mon temps, *au jour d'aujourd'hui*, et feu son père m'aurait donné des gifles si je m'étais déguisée pour aller en course.

La femme tire à droite, — l'homme tire à gauche, — un seul point les réunit complètement : la balance de fin de mois.

Elle peut avoir un amant, — deux amants, — elle peut trépigner le contrat, — mais elle reste l'associée fidèle ; elle respecte le serment fait sur la caisse.

Quant à son mari, elle lui passera tout, s'il n'en coûte rien.

Lui, de temps en temps, remarque dans l'atelier ou

dans la boutique quelque jolie fleur de faubourg encore en bouton. S'il est adroit, il la laisse se développer et la cueille lorsqu'elle commence à s'épanouir ; il s'imagine qu'il est l'héritier direct du droit du seigneur.

Parfois aussi il est trop pressé. — Quand il y a scandale, on jette à la famille quelques sous et on lui rend l'enfant. — Il y a tapage à la maison parce qu'il a fallu débourser, — mais voilà tout. Quant à l'avenir, au déshonneur de la jeune fille... Oh ! la ! la !...

Rares ceux qui, comme le père de Célestine, osent traîner le sire devant la justice !

Mais il en est des sociétés comme de la nature : un mal combat un autre mal, — chaque parasite a lui-même son parasite qui le dévore.

La petite grandit, se développe. Elle comprend qu'elle est perdue, — qu'elle ne peut plus se marier. Au reste, le ménage de son père n'est pas fait pour l'encourager. L'homme trime du matin au soir et n'arrive à rien qu'à faire des enfants. — La mère a perpétuellement la robe en loques, l'œil rouge, la joue fanée, — un petit pendu à la mamelle. Dans le bouge, ce n'est que faim et malédiction, et en bas, dans la rue, passent d'anciennes camarades, balayant la chaussée avec des robes représentant six mois d'un honnête travail.

Duperie ! comme dit la vieille chanson :

Ma foi ! vive l'amour et bren pour les sergents !

Un beau jour l'oiseau est envolé.

Et maintenant, gare au premier qui tombera sous sa main ! Elle n'a pu devenir femme, la voilà femelle. Elle les connaît les gens d'affaires ; elle sait leurs appé-

tits : elle s'aiguise, elle s'aimante, elle se charge d'électricité. Elle sait qu'en ce temps de goinfreries de toutes
sortes, ce n'est pas le délicat qu'il faut offrir, c'est le re-
levé, le poivré. Elle se pimente à emporter la gueule, à
incendier le palais de tous ces rustauds à talon rouge.

Puis quand elle les tient bien, qu'elle sait d'un geste,
d'un coup d'œil, d'une caresse faire tressaillir toutes
leurs papilles paillardes, elle pousse hardiment et pose
la griffe sur la clef de la caisse.

Tu es perdu, mon bonhomme!

Le plus gros, le plus gras, celui que trois ou quatre
faillites ont le mieux mis à point pour la retraite définitive, en un tour de main, elle lui ouvre la panse, le
vide, l'étripe, et quand il ne reste plus que la peau, elle
le jette à la porte et passe à un autre. Bravo! cocotte,
mords, déchiquette, ronge! venge ton père, ta mère, ton
frère le soldat, ta petite sœur l'apprentie et n'aie pas
peur, dans cette caisse que tu vides, il y a peut être de
l'argent aux tiens!

Ah! n'est-ce pas, quand tu as passé par là, toi, les
écritures peuvent être vraies, la caisse est nettoyée et le
bilan est sincère.

Tu n'acceptes pas un pour cent, tu ne fais tes affaires
qu'au comptant, et tu ne donnes pas l'escompte.

Et après cela, s'ils sont parvenus à sauver leurs
plumes, lorsqu'ils sont retirés des affaires, avec la
goutte à l'orteil ou la néphrite aux reins, et condamnés
à la moralité forcée à perpétuité, ils font les bons
apôtres et crient après les mœurs du jour. Leurs
femmes, leurs honnêtes femmes ne peuvent plus passer

sur les boulevards sans être heurtées par les prostituées ! Et qui les a faites, ces prostituées ?

De combien a-t-il fallu diminuer la main-d'œuvre
pour avoir les chevaux, la voiture, la maison de campagne ; pour donner l'argent de poche à Toto et acheter
un homme à Titine ?

Il y avait un moyen bien simple d'éviter cet envahissement :

C'était de faire voir à la fille du peuple qu'elle avait
intérêt à rester honnête femme.

C'était de respecter la majesté de l'enfance et de payer
la journée de l'ouvrière aussi cher que le quart d'heure
de la catin.

MAQUILLAGES DU CŒUR

Je ne déteste pas les belles choses, bien au contraire : c'est peut-être le seul côté aristocratique de ma nature. Cependant (hélas ! la vie est pleine de cependants), cependant, dis-je, l'épidémie des belles choses a bien son inconvénient. Elle finit par dévoyer le goût, par égarer la morale, par fausser la sensibilité, par développer les appétits physiques au détriment des besoins intellectuels.

Essayez aujourd'hui de produire au théâtre un chef-d'œuvre. Si vous ne l'entourez pas de ces mille hors-d'œuvre qu'on nomme décors et costumes, vous n'irez pas à trente représentations. Croyez-vous sincèrement que les pièces de M. Sardou, et je parle des meilleures, auraient eu leurs succès immenses, sans les toilettes insensées de leurs héroïnes? Détrompez-vous. C'est au

point que Madame Fargueil, ce Desgenais femelle de
la Famille Benoiton, a été forcée naguère, pour faire
passer ses sorties contre les toilettes tapageuses, d'en-
velopper la pilule dans une robe de sept cents francs.

Je ne parlerai pas des scènes de deuxième ordre, pour
lesquelles MM. les directeurs prient un décorateur et
un costumier de leur présenter une œuvre ; et ensuite
font venir deux ouvriers dramatiques et leur disent :
Vous allez me bâtir des paroles là-dessus. Et que voulez-vous ? Il le faut, — le public en demande, il en a
soif, — c'est de l'hystérie. Les journaux lui servent tous
les soirs, à quatre heures, les détails mirifiques des fêtes
éternelles de notre heureuse cour. On le sait, le luxe
d'une cour est le *criterium* de la richesse d'un pays, et
tout bon Français ne peut que se réjouir de toutes ces
magnificences.

Seulement, qu'arrive-t-il de tout cela ? Les journaux
à bon marché, et par conséquent accessibles au plus
grand nombre, bourrent leurs colonnes des descriptions
de toutes les splendeurs officielles.

Je me fais fort, quand on le voudra, de présenter les
analyses de trente-sept toilettes, portées par une seule
femme, une illustre étrangère, dans l'espace de trois
mois : j'ai conservé les journaux.

La pauvre fillette, qui, à la fin de sa journée, retran-
che de sa nourriture un ou deux sous, pour le *pain de
l'âme*, dévore tous ces détails. « Que ce doit être beau !...
et dire que jamais... non, jamais !... » Et un gros soupir
vient soulever sa poitrine. La nuit s'avance et le tra-

vail vous réclame au point du jour. Elle se déshabille toute rêveuse.

Une opulente chevelure, qui, peut-être, à un moment de détresse, ira nourrir le maigre chignon de quelque millionnaire, descend comme un manteau sur

des épaules rondes et fraîches, l'indiscrète chemise s'entr'ouvre et laisse refléter au petit miroir des splendeurs plébéiennes, qui n'ont aucun intérêt à l'acclimation des cotonniers. Un œil richement frangé s'allume, une bouche fraîche laisse, en souriant, briller trente-deux perles qui viennent éclairer un visage vierge de tout maquillage : la folle du logis commence à galoper.

« Tout ce luxe, toutes ces toilettes ne devraient-ils « pas être aux plus belles ! Mon journal parle de cinq

« ou six, mais c'est une pour cent, et les autres... J'en
« connais de ces femmes heureuses. La robe de ma-
« dame la duchesse m'a-t-elle donné du mal pour oua-
« ter le côté gauche... et le corset de la comtesse, qu'on
« a recommencé douze fois. Ah ! si j'avais eu ces
« étoffes, ces dentelles, ces bijoux... »

Va, va ! pauvre fille, — les chiens sont découplés,—
le diable est en chasse cette nuit, — le vieux Minotaure
parisien mangera de la chair fraîche demain. Ces splendeurs que tu rêves, tu les auras — ton journal en parlera, il décrira encore des fêtes ! Il faut bien qu'il dise
quelque chose. — Tu seras citée. Ce ne sera pas dans
les bals du haut monde, mais dans les sauteries que
donnent l'hiver les petites dames. Qu'importe ! Ton
brave père se brûlera peut-être la cervelle ; ta mère deviendra folle, ton petit amoureux ira chercher l'oubli
dans l'eau jaunâtre de la Seine ; — mais, comme mademoiselle Cora, tu seras célèbre !

Quelle sera la fin de tout cela ? — L'hôpital ? Bah !
niaiserie ! ce ne sont pas celles-là qui y vont. — Les
plus malheureuses trouvent toujours moyen d'avoir
une chambre à 5 fr. à la Maison de Santé.

« L'hôpital m'attend si je reste sage, et personne
« même ne me plaindra. »

Et la lecture du journal donne raison à ce raisonne-
ment.

Une colonne de larmes et d'attendrissements sur une
belle jeune fille, riche et heureuse, qui a trop dansé au
bal des Tuileries, et qui, en sortant, attrape une fluxion
de poitrine et meurt. La moitié de la France a compati

à l'affreuse douleur de la mère. J'ai vu le char splendide qui l'autre semaine conduisait son corps au cimetière. Une foule nombreuse le suivait. Sur son passage, les passants se découvraient respectueusement ; les journaux avaient annoncé la catastrophe, et plus d'un œil devint humide en regardant l'initiale bro.'ée en argent sur la voiture. Tout bas, comme la *Gazette*, on répétait les vers du poète :

Elle aimait trop le bal...

Oh ! infortunes chamarrées, quels échos n'éveillez-vous pas dans le cœur ! Aussi, pour cette autre nouvelle, ces quelques lignes suffisent-elles :

« Une jeune fille de quinze ans s'était endormie, « cette nuit, sous une porte cochère, en tenant son en-« fant âgé de deux mois entre ses bras. Ce matin, en « se réveillant, elle s'aperçut que la petite créature avait « cessé de vivre. Elle était morte de froid. — Le corps « a été envoyé à la Morgue. »

Et puis, c'est tout. Et c'est bien assez. Il n'y a pas là de toilette à décrire. — La robe est en loques. — La fille, c'est une servante et une fille séduite. Et l'on se dit : A quinze ans !... Quel dévergondage ! C'est heureux pour l'enfant !

On ne se fait même pas cette petite objection :

A quinze ans, à l'âge où toute jeune fille a besoin des conseils de sa mère, celle-ci était chez des étrangers. Levée la première, couchée la dernière, forcée d'être fidèle, attentionnée, prévoyante, polie, et de son côté recevant des ordres ; mais pas une caresse, pas une bonne parole, pas un conseil, à l'âge où l'on a le plus besoin de tout cela.

Au milieu de cette rude vie, passe un garçon quelconque, dont les paroles viennent contraster avec les quelques mots secs et froids qu'on a l'habitude d'entendre. Le petit cœur s'éveille, bat de l'aile, et le voilà parti. — Cet homme est un gredin comme les trois quarts de ses pareils. Et la pauvre enfant fait des prodiges pour cacher sa situation — car c'est le pain... et le pain pour deux maintenant qu'elle risque. Une servante ne doit pas se permettre d'aimer...

Mais, que diable voulez-vous ? Tout cela n'est pas bien intéressant. Cette fille dépenaillée, avec son maigre avorton qui doit être l'antipode de ces beaux bébés blancs, roses, rondelets et joufflus, comment voulez-vous que cela attendrisse ?

Le lendemain, la conscience publique, qui s'est dit tout bas ce que je dis tout haut, se prend en flagrant délit d'injustice. Alors les journaux, sous le titre de *nouveaux détails,* se chargent de trouver des circonstances atténuantes : « Cette fille n'était pas digne de sympathie. » Allons, tant mieux ! Nous n'avons pas été volés, au moins !

Voilà le danger des belles choses, et, pour mon compte, je ne le trouve pas mince.

II

LES GENS DE CHEZ NOUS

Elle s'aiguise, elle s'aimante, elle se charge d'électricité.....
(*Comment on devient fille.*)

NOS PETITS FRÈRES

E tous les êtres qui forment aujour-d'hui ce qu'on appelle la tête de la société, dans la politique, l'enseigne-ment, la magistrature, l'armée, le barreau, la presse, la médecine, la finance, l'industrie, le commerce, pas un n'exercera encore dans cinquante ans.

La mort aura râflé la majorité, — le reste aura pris les Invalides.

A chaque instant, l'un d'eux arrive au bout de l'a-rène sociale, fait la suprême culbute et disparaît dans le trou. Le nombre ne diminue pas pour cela, car, au même moment, à la porte de l'arène, se présente un nouveau venu.

Le lit d'un fleuve se vide-t-il parce qu'il jette ses eaux à la mer ?

Chaque goutte, qui tombe dans l'océan infini, n'est-elle pas immédiatement remplacée par une nouvelle goutte apportée dans le lit du fleuve par un des affluents ?

Ainsi va la société.

Eh bien ! imaginez que toutes les sources qui alimentent la Seine, par exemple, se trouvent à la même heure, à la même minute, à la même seconde, empoisonnées par l'infiltration de gaz inconnus, si vous voulez : à un moment donné, la Seine entière sera empoisonnée.

Soignons donc nos sources, — sources fluviales, sources sociales. Tout cela est pour vous dire que l'année scolaire est terminée.

L'année scolaire est terminée — c'est le mot du jour. On dit cela comme on dirait : il fait beau ! Rien de plus, rien de moins. Quelques-uns ajoutent :

— Mon fils a terminé sa philosophie ou son droit.

Et comme aujourd'hui l'on n'a pas le temps de penser beaucoup, l'interlocuteur répond :

— Ah ! monsieur votre fils a terminé sa philosophie ou son droit ! Allons, tant mieux !

Allons, tant mieux ! C'est bientôt dit. Je n'en sais rien, moi, si c'est tant mieux.

La vie moyenne est de trente-trois ans, dit-on.

Chaque année, les écoles nous fournissent donc le trente-troisième destiné à remplacer les vides faits dans nos rangs.

Quel est ce trente-troisième ? Quelle sera cette génération, faisant, comme un flot, irruption dans la vie militante, nous poussant d'un pas vers l'océan éternel et qui, poussée à son tour demain, après-demain, toujours, éternellement, remplacera, à un moment donné, tout ce qui existe aujourd'hui et formera la société?

Que seront-ils ces hommes — gouvernants et gouvernés ?

Quelle est leur foi ? Quelle est leur conscience ?

Les sources qui ont apporté ces nouveaux flots destinés à couler dans le lit du fleuve social sont-elles restées pures ? N'y a-t-il pas eu de mystérieuses infiltrations de gaz délétères ?

Oh ! je vois d'ici la réponse : *Nous sommes sous le ministère Duruy*. Oui, je sais toutes les bonnes intentions du ministre, et je reconnais tout ce qu'il a déjà fait d'excellent. Mais il y a je ne sais quel vent qui souffle à travers notre temps et qui ne me rassure pas sur la santé de la génération qui nous pousse.

Il y a un fait physiologique qui a présidé à la naissance de nos petits frères et qui a une influence certaine sur eux.

Ils sont nés de 1849 à 1850, c'est-à-dire au moment où leurs auteurs, en train d'exécuter le programme moral tracé naguère par M. Guizot, c'est-à-dire de s'enrichir, ont été troublés par les agitations d'un pays qui, à cette époque, cherchait sa voie.

Pourquoi ne pas être de l'avis de Tristram Shandy ?

Pourquoi ne pas croire à la puissance de la pensée à l'instant de la conception ?

Imaginez deux bons industriels rentrant en 1850 d'une partie de plaisir. Il y a eu des truffes à dîner ; le

Saint-Emilion a été chauffé à point ; le café bien dis-
tillé. On est rentré deux heures plus tard que d'habitude. Madame, malgré ses trente-huit ans, a l'œil
brillant et la lèvre rouge ; son mari, qui ne l'a pas
regardée depuis longtemps, trouve qu'elle a coupé son
âge en deux : qu'elle a deux fois dix-neuf ans.

— Ah ! dit-il en l'embrassant, quelle bonne journée !

Il faut gagner de l'argent le plus possible pour
qu'elles soient toutes comme celle-ci.

— Oh ! oui, répond madame, gagner de l'argent !

Au bout du temps voulu, les billets de faire part
sont lancés — la mère et l'enfant se portent bien.

Le bébé ne parle pas avant dix-huit mois ; mais son
petit cerveau se façonne sur l'idée mère qui a pris une
consistance matérielle pour former la base de son cer-
velet. Cette idée mère, *c'est gagner de l'argent !* Elle
se développe avec le temps, s'alimente par les conduits
auditifs de tout ce que l'enfant entend autour de lui.
— Puis l'exemple est sous les yeux.

Papa tripote à la Bourse. Au lycée, nous faisons en
ce moment un coup sur les timbres-poste de la prin-
cipauté Stickfehmannsheim-Wurstelhaus, qui ne peut
manquer de disparaître. Ils feront prime à la paix.

Papa met à la poule aux courses. Il est difficile de
proposer aux pions de sauter des banquettes irlan-
daises afin d'organiser des paris, mais il est avec le
ciel des accommodements, et les compositions ne sont-
elles pas des causes toutes organisées ?

On lit dans le *Cancre*, journal hebdomadaire du
Lycée Dagobert, à l'article Turf :

« Il y avait soixante-quinze sujets engagés pour le
« thème latin ; — deux obstacles à franchir : — le *Que*
« *Retranché* et la *Versification*. Badinot était favori,
« et presque tous les enjeux avaient été mis sur lui.
« Eh bien ! une fois de plus, nos prévisions se sont
« réalisées. Au premier obstacle, au *Que Retranché*,
« Badinot a butté et s'est cassé le cou. Crépin prit la
« tête et mena la course assez rondement ; mais vers
« la fin, il prit ombre d'un *dactyle* et se laissa dépas-
« ser d'une tête par Fiferlin qui, définitivement, est
« arrivé premier. *C'est toute une révélation.* L'élève
« Saucissard a perdu quarante sous sur Crépin, et, ne
« pouvant payer, a été exécuté. »

Et c'est ainsi que, pendant huit ou dix ans d'uni-
versité, les instincts se sont développés !

Quand nous sommes venus au monde, nous, les
grands frères, c'était le moment des péchés de jeunesse
— les *glorieuses journées*, comme on disait alors,
l'enterrement de Lamarque, époque honteuse de ré-
verbères cassés, d'agents de police battus, de vocifèra-
tions, d'aspirations, de révolutions. — Il s'agissait bien
de gagner de l'argent ! Vive la charte ! A bas Casimir
Perrier ! Voilà quel était le mot.

Aussi, comme nous nous en sommes ressentis, et
quel triste ramassis de brouillons, de rêveurs, de tapa-
geurs, nous avons fait !

Ah ! nous ne sommes fichtre pas l'honneur de nos
familles !

Et cependant nos jeux étaient autres, au collége. —
Nous faisions des vers, affreux, c'est vrai. Mais ce

n'était pas de notre faute. Nous jouions aux soldats ;
nous jouions aux barres, cette petite image de la
guerre ; et les sous que nous donnaient nos parents,
nous nous occupions à les dépenser et non à les aug-
menter. Le pâtissier nous connaissait peut-être ; mais
plus d'un pauvre souriait de plaisir aussi en nous
voyant arriver !

Nous admirions Hoche — Marceau — Kléber —
Danton — Mirabeau — Bonaparte. Mais l'enrichisse-
ment des Samuël Bernard — des Rothschild — des
Pereire, etc., nous laissaient assez froids. Bien que
n'aimant pas le caractère de l'homme, les quarante
francs trouvés dans le tiroir de Maximilien Robespierre,
après sa mort, provoquaient, chez nous, plus de respect
que l'immense fortune de son ancien pro-consul,
M. Fouché, prince d'Otrante.

Mais, où vais-je, grands dieux !

— Espérons que je me trompe, et que nos petits
frères vaudront mieux que nous !

Cependant, j'ai quelques autres craintes, et, comme
nous sommes gens de revue, nous en recauserons si
vous voulez, lecteur.

UN TYPE CONNU

Les journaux nous ont raconté, cette semaine, qu'un malheureux artilleur, attaqué par une douzaine d'habitués d'un bal des boulevards extérieurs, avait, devant le jeu des couteaux, été obligé de tirer le sabre et qu'il avait décousu quelques-uns de ses adversaires.

Si vous le voulez, lecteurs, nous allons passer de grosses bottes et descendre ensemble dans l'égout parisien.

Foin de la chronique à l'eau de rose, des bals d'ambassades et de ministères, de la soirée de la duchesse et de la petite dame ; il s'agit d'avoir l'œil hardi, le poing robuste, le cœur solide !

Nous rencontrerons là les mêmes vices, les mêmes passions, les mêmes amours que dans l'élite de la société ; toute la différence est dans l'habit et dans les allures.

Lorsque vous vous aventurez dans la région qui commence au boulevard extérieur et finit à cette ligne imaginaire partant des Buttes-Chaumont pour aboutir au Père La Chaise, vous remarquez des têtes spéciales. Ce n'est pas le peuple de partout. Y a-t-il plus de misère ? Y a-t-il plus de vices ?

L'un et l'autre peut-être !

Il y a là trois établissements qui ont plus fait pour la corruption publique que toutes les doctrines possibles.

Ces trois établissements s'appellent *Favier, les Folies* et *Colbus*. Ce sont trois bals. N'avez-vous pas peur ? Entrez avec moi.

Les petites fillettes y sont charmantes, n'est-ce pas ?
Toutes jeunes. Elles ne connaissent pas encore le maquillage ; les yeux sont clairs, la bouche fraîche, le
teint brillant, le corps ferme, et cependant le regard est
cynique, la démarche provoquante, la voix éraillée.
Elles vous coudoient, en vous regardant avec un profond mépris : vous n'êtes pas de leur monde. Si vous
leur dites un mot, elles passent généralement sans
avoir l'air d'avoir entendu, — la femme vaut mieux
que nous. — Vous êtes disposé à recommencer, —
gardez-vous-en bien ! Ce silence vient de vous sauver.
— Des yeux terribles sont braqués sur vous, en ce
moment.

Au lieu de regarder les femmes, examinez les hommes. Une casquette ressemblant un peu à l'ancien képi
piémontais, un foulard autour du cou ; une blouse
rejetée en arrière, sans boutons au collet, mais pouvant se fermer au moyen de deux rubans qu'il est de
bon ton de laisser flotter. — Cette blouse n'a pas les
taches honorables de celles des ouvriers : si elle est
maculée — c'est par le vin et quelquefois par le sang.

De chaque côté du front, les cheveux sont ramenés,
— l'œil est éraillé et chassieux, — la bouche infâme,
— les dents sont noires et déchaussées, — le visage
tout entier porte les traces de vices hideux, et, sous ces
traces, l'âge disparaît. Les plus vieux ont à peine vingt-
cinq ans. A trente, lorsque la Vénus malsaine ne les
a pas dévorés, ils sont depuis longtemps au bagne.

Ils s'appellent entre eux des *Costels*. — Le peuple
leur donne un nom de poisson. D'état, ils n'en ont

pas. Beaucoup ont été bijoutiers ou coiffeurs, quelques-uns garçons bouchers : mais travailler est une duperie, quand il est si facile de vivre sans cela.

Vous voyez souvent passer dans les faubourgs une belle enfant de treize ou quatorze ans, preste, modeste, proprette, s'en allant un petit panier au bras — voilà leur gibier : — c'est cela qu'ils chassent. Ils suivent une de ces enfants, lui parlent danse, plaisir, amour. La pauvre petite qui se défierait d'un bourgeois — a confiance dans la blouse et croit que l'homme est un ouvrier — les gens du peuple ne reçoivent pas, et les trois quarts des femmes ont rencontré pour la première fois leur mari dans la rue.

Si la liaison commence, la jeune fille est perdue ; elle est enfermée dans un cercle infranchissable ; toute la corporation semble intéressée à sa défaite. Y a-t-il un père, un frère, un amoureux honnête homme ? Ses pas, ses démarches sont épiés, sa surveillance habilement déjouée. L'histoire de cette chute ferait un roman terrible, avec des intrigues, des machinations, des combats.

Le peuple a ses duels. Ses armes sont ses poings. Mais bien que le costel soit généralement usé et fatigué, il a des coups à lui.

Un *Saint-Georges* sait, au milieu de la bataille, saisir le moment où le visage de l'adversaire est à découvert ; il fait un bond de chat, et coupe un nez d'un seul coup de dent. Si l'ennemi est à terre, il posera son cachet, comme il le dit : c'est-à-dire qu'il lui imprimera le talon de sa botte au milieu du front.

Mais il arrive parfois que le partenaire est solide :
un forgeron ou un charpentier — gens terribles, et
que le costel craint comme le feu. Au moment où il
sent qu'il faiblit, il lance un coup de sifflet, et ses
compères arrivent. — Alors, si l'homme n'est pas
armé... malheur à lui.

Quant à la jeune fille, dès qu'elle a cédé, elle est perdue. Son amant la présente aux autres femmes, qui se
chargent de lui faire comprendre qu'on peut être fidèle,
tout en sachant tirer parti de sa beauté, et que la meilleure manière de prouver son amour à celui qu'on
aime, c'est de lui donner le plus d'argent possible.

Vous voyez où cela conduit. Ce que la famille a de
plus simple à faire, c'est de retrancher le membre gan-
grené et de tâcher de veiller sur les autres filles, s'il
y en a.

Et ne croyez pas que le costel soit un type excep-
tionnel. Non. De la barrière des Ternes à celle de
Belleville, on compte quinze cents ou deux mille individus qui n'ont pas d'autres moyens d'existence.

Toutes les aubaines leur sont bonnes ! Aussi, comme
je le disais tout à l'heure, il est bien rare qu'à vingt-
cinq ans ils n'aient pas été pris.

Les Etats-Unis possèdent un produit qui a une
petite ressemblance avec le costel, c'est le Saxy ; mais,
à part ce point, quelle différence !

Vous rencontrez, au coin de certaines rues de New-
York, un individu grand, solide, bien bâti, ordinairement fort beau. Il a toujours un chapeau de soie neuf,
ncliné sur l'oreille, à 45°. Ses cheveux sont coupés ras

par derrière, mais retombent en oreilles de chien sur le devant. Il n'a pour toute barbe qu'une mouche qui lui garnit le menton et descend quelquefois jusqu'au creux de l'estomac. Dans le coin de sa bouche est planté un long cigare, qu'il fume en regardant les passants par-dessus l'épaule.

Il est bravache, querelleur et batailleur.

Les filles de mauvaise vie l'adorent. Il se laisse aimer, mais ne s'occupe pas de leur métier. A peine s'il daigne accepter des cadeaux — un dîner — une piastre de temps en temps.

Il faut bien vivre !

Et cependant il a une profession, profession qu'il aime avec frénésie, — mais qui dernièrement encore était gratuite.

Il est pompier !

Lorsque le feu s'est déclaré quelque part — il court aux pompes. C'est un spectacle dont on n'a pas idée ici : la pompe arrivée la première sur le théâtre de l'incendie est citée et les noms de ses servants imprimés dans les journaux. C'est une course infernale ; les pompes filent au grand galop de leurs quatre chevaux. Lorsqu'une d'elles va être dépassée, les hommes qui la montent repoussent leurs concurrents à coups de poing, à coups de couteaux et parfois à coups de revolver. Arrivés devant le feu — c'est une témérité folle ! Ils iraient chercher un chien au milieu du brasier. Si, par hasard, l'un d'eux trouve quelque chose à sa convenance et veut se l'approprier — tous arrivent sur lui — une bataille s'engage sur la corne d'un toit, sur une

poutre à moitié brûlée ; on voit un homme perdre
pied, vaciller, rouler dans l'espace. Un hurrah formidable retentit ; le voleur est dans la fournaise. Le Saxy
retourne dans son quartier, un peu plus bravache
qu'auparavant, reprend son cigare, ses amours, son
attitude pleine de défi, et vous cherchera querelle, pour
le simple plaisir de vous casser la figure d'un coup de
poing, à vous qu'il vient, un quart d'heure auparavant, d'arracher à une mort horrible.

Le gouvernement des Etats-Unis a pris depuis quelque temps le parti de les rétribuer et de leur donner
75 piastres par mois, environ 325 francs.

Comme je vous le disais, il y a une petite différence
entre le costel et le Saxy.

Pas bête, du reste, le gouvernement des Etats-Unis !

10

LE MOT

Il y a quelques jours, un provincial de mes amis vint me surprendre à Paris. Nous traversions les boulevards et, sur ma route, j'échangeais bon nombre de coups de chapeau avec des passants.

Presque tous étaient des hommes encore jeunes, au teint pâle, comme tous les gens de cabinet.

En voyant leurs fronts chauves et sillonnés de rides précoces, comme ceux des penseurs, leurs yeux perdus dans le vague et qui semblaient plonger en dedans, mon ami me dit :

— Des journalistes, n'est-ce pas ? ça se voit tout de suite. Rien qu'en les regardant on assiste, pour ainsi dire, à la gestation de leurs cerveaux ; on sent qu'ils tiennent une idée neuve, qu'ils la creusent, la tournent, la retournent, l'envisagent sous toutes les faces. Et demain, lumineuse, elle éclairera le monde !

— Peste ! mon cher, comme vous y allez, vous ! On voit bien que vous n'êtes pas d'ici, lui répondis-je.

Ces messieurs sont, en effet, des journalistes ; mais ils sont atteints d'une maladie jusqu'ici inconnue, qui sévit depuis quelque temps sur la gent littéraire, et qu'on appelle l'épidémie du *mot*.

Les trois quarts de ces gens ont de belles facultés, quelques-uns ont une originalité très réelle ; mais, en ce moment, toutes leurs fibres cervicales sont atteintes d'un mal étrange. Lisez le premier journal venu : à chaque ligne vous trouvez cet invariable cliché : « *Un joli mot de madame X... — Un mot terrible de M. Z. — Nous empruntons un mot à...* etc., etc. » Des idées neuves ! Mais, mon cher, à ce compte-là, avec le nombre de feuilles périodiques que possède la France, depuis quelques années, réfléchissez donc, nous ne serions pas bien éloignés de la perfection.

Au surplus, ces messieurs ne sont peut-être pas aussi malades qu'ils en ont l'air. Où mènent les idées, en définitive, hein ? Un peu à Charenton et beaucoup à la misère. Tandis que les mots... C'est d'abord bien payé ; puis le lecteur, qui ne connaît pas la manière de les fabriquer, appelle ça de l'esprit, en sorte qu'après deux ou trois quarterons de mots débités dans les bons endroits vous êtes un homme connu !

Entre nous, ce n'est pas bien difficile à faire, allez ! et, avec un peu d'exercice, on y arrive assez vivement. Vous n'avez qu'à ramasser une vieille idée qui traînaille à travers l'humanité depuis la création ; vous tailladez une phrase, vous la pailletez d'adjectifs, vous lui faites quelques bosses, et le lendemain, affublée en polichinelle, vous lâchez votre antiquaille à travers le monde ; elle produira encore son petit effet.

Le public est meilleur enfant qu'il n'en a l'air, et ces pauvres pensées vieillottes, lorsqu'elles sont habillées d'oripeaux et qu'elles essaient encore un pas sur la corde roide du journalisme, ne le navrent pas plus que madame Saqui donnant, à soixante-dix-huit ans, sa dernière représentation à l'Hippodrome.

Et même, pour habiller votre vieil aphorisme, point n'est besoin de frais d'imagination ; il y des patrons tout préparés.

Un jour, le brillant vicomte de Launay, qui restera comme le prototype du causeur de riens, appelle l'Alboni : *Un éléphant qui a avalé un rossignol*. Depuis ce temps-là on vit sur cette coupe. Un gymnaste débute au Cirque, il est beau et fort ; un critique écrit : « *On dirait Adonis qui se serait fourré dans le torse de l'Hercule Farnèse.* »

Vous voyez d'ici le poncif et tout ce qu'on peut en tirer. Associez des contrastes, en faisant une supposition, et le *mot* est fait.

— C'est égal, objecta mon ami le provincial, on se fait connaître tout de même, et, comme faute de grives on mange...

— Des merles. Oui, on est connu, c'est vrai. A force de passer sa tête à travers les feuilles périodiques, en faisant une grimace, le public finit par avoir votre physionomie gravée dans la mémoire. Seulement, comme cet exercice est accessible à bien des gens, la carrière

est encombrée, et seuls ceux qui sont du métier pourront dire les tribulations du débutant, depuis l'entrée
de son article dans le tiroir à la copie jusqu'à son arrivée à la galée du metteur en pages.

J'ai connu autrefois un pauvre garçon pris de cette
rage de renommée de chrysocale ; elle le tenait au ventre, elle lui brûlait le sang. Il fallait le voir épier le
passage de l'homme influent du journal, deviner ses
mots quand il en faisait, les lui mâcher, les lui présenter tout amorcés, lorsqu'il n'était pas en veine, de façon qu'il n'eût qu'à presser la détente pour produire
l'explosion. Il fallait le voir aspirer en rougissant à une
de ces amitiés subalternes, comme en ont les filles en-
tretenues, — une fonction de repoussoir.

Triste chose, croyez-moi, que de ramasser ces sortes
de miettes de la réputation d'autrui, pour en faire la
base de la sienne, et de s'en aller clopin-clopant à la célébrité, en qualité de chasse-mouche d'un écrivain
lancé !

— Mais, enfin, tous ne sont pas comme cela ?

— Dieu me garde de le penser ! Et ceux même qui
ont faibli à ce point seraient excusés si l'on pouvait
savoir après quelles luttes terribles ils se sont rendus.

Et puis, avez-vous un peu réfléchi au mal que ce
courant d'idées engendre dans une nation légère comme
la nôtre ?

Il fallait des patères pour accrocher tous ces mots.
Pendant longtemps les deux Dumas, Méry, Augustine
Brohan, en ont servi. Mais, dame ! à la longue ils ont
rompu sous le poids.

Alors qu'est-il arrivé ? On s'est essayé sur des condamnés à mort. Il n'y a pas de brute sauvage ayant éventré quelqu'un de ses semblables qu'on n'érige depuis quelque temps en homme d'esprit. Du jour de l'arrestation à celui de l'exécution, c'est un feu roulant.

— Oh ! le monstre, dit le public à la nouvelle du crime ; en voilà un qui m'empêcherait de signer une pétition pour l'abolition de la peine de mort !

— Pauvre diable ! dit le même public, en lisant le compte rendu de l'exécution : c'est dommage; il avait bien de l'esprit.

Le drôle est acquitté dans l'opinion publique.

Quand le jury a admis des circonstances atténuantes, la joie s'élève presque à la hauteur d'un bonheur national.

Nous étions déjà à table dans un restaurant du boulevard, qu'emporté par mon sujet je causais encore, sans m'apercevoir qu'en attendant le potage mon ami avait le nez fourré dans un journal, lorsque je l'entendis rire aux éclats.

— Ah ! tenez, me dit-il, voilà un joli *mot*...

— Allez-vous-en au diable ! lui répondis-je, et en moi-même je m'écriai :

Si l'amour a perdu Troie, c'est l'esprit qui perdra la France.

L'AVARE

Et, depuis trois mille ans, Homère, respecté,
Est jeune encor de gloire et d'immortalité !

s'écriait un divin poète, à la fin du dernier siècle. Ces vers d'André Chénier pourront s'appliquer un jour à Molière.

Ce qui fera surtout l'immortalité de ce dernier, c'est que son œuvre est bâtie sur des caractères, et non sur des nuances ; c'est qu'il a peint le général, l'immuable, et non le particulier, le type; c'est que, en un mot, ses héros sont un reflet de l'humanité tout entière et non l'expression d'un pays ou d'une époque.

Molière, comme Shakespeare, est vraiment de partout et de tout temps.

Traduisez-le en grec, en allemand, en chinois ; jouez-

le à Pékin, à Berlin ou à Athènes; faites avancer ou
reculer l'éternité, ét donnez la représentation à l'époque de Sophocle ou dans deux mille ans : il frappera
toujours juste , parce qu'il a peint l'homme et non un
homme , et que les hommes changent, tandis que
l'homme ne change pas.

Les formes varient, les sociétés se transforment et
chaque époque baptise, à tort ou à raison, du nom de
progrès la nouvelle formule de son essence; mais les
passions sont toujours les mêmes.

*
* *

Harpagon, comme son cousin · Shylok , est maigre,
anguleux, sale et déguenillé.

L'avare de nos jours est grassouillet, bien mis; il a
la figure avenante et ne déteste pas le mot pour rire.

Généralement, c'est un ancien commerçant retiré des
affaires.

Il a pratiqué largement cette définition du commerce:
*Vendre six sous ce qui en vaut trois ; acheter trois
sous ce qui en vaut six!*

Il crie par-dessus les toits :

— J'ai commencé avec rien, et aujourd'hui j'ai quelque chose !

Et vous pourriez lui répondre hardiment :

— Cela tient à ce que vous avez fait des affaires avec
des gens qui avaient quelque chose et qui aujourd'hui
n'ont plus rien.

Il est commissaire de bienfaisance de son arrondissement : c'est si doux de faire du bien, surtout quand il n'en coûte rien !

Il rêve de plus grands honneurs municipaux et, si vous voulez le faire rougir de plaisir, vous n'avez qu'à lui dire à brûle-pourpoint :

— Pourquoi n'êtes-vous pas encore maire ?

Cela fait enrager sa femme, qui répète à chaque instant :

— C'était bien la peine de se retirer pour travailler encore. Si cela te rapportait au moins quelque chose. Tu veux de l'activité : prends une place et tu gagneras le *train-train* du ménage.

Mais lui secoue silencieusement la tête. C'est qu'il a des rêves qu'il garde pour lui seul : il entrevoit parfois vaguement dans la nuit une brillante étoile à cinq branches, qui danse devant ses yeux, au bout d'un ruban rouge.

Harpagon à deux chevaux qu'il laisse mourir de faim dans ses écuries.

Lui n'a pas de chevaux : d'abord parce que, des chevaux, c'est de l'argent qui dort et qui dort en mangeant. Puis cela nécessite une écurie, et, une écurie, c'est l'emplacement d'un logement de 4 ou 500 francs.

⁎
⁎ ⁎

Car nous sommes propriétaire !

Fi du braconnage de la Banque ! Allons donc ! le jeu n'en vaut pas la chandelle ! Pour dix clients qui paient l'intérêt, combien y en a-t-il qui ne peuvent payer le capital ? Métier de dupe !

Parlez-moi de la pierre de taille : voilà l'affaire à coup sûr.

La maison a coûté une soixantaine de mille francs.

La façade est en pierre — c'est une dépense, mais qui porte son fruit : cela attire le bon locataire.

Le reste est en carreaux de plâtre, avec angles et sé-parations en briques creuses.

Chaque étage à deux appartements, petits, resser-rés : — 10 mètres avec lesquels on a trouvé moyen de faire trois pièces et une cuisine : on appelle ça des *bonbonnières*. 800 fr. sur le devant; 500 sur le der-rière, — 1,300 fr. par étage, et il y en a cinq comme cela.

Un sixième, avec six chambres mansardées : 200 fr., sur la rue, 150 fr., sur la cour : 1,050. — Deux bouti-ques à 2,500 fr. l'une.

Revenu annuel 12,550 fr.

A déduire les faux frais, les 100 fr. au concierge qui fournit les balais et les éponges; il reste 12,000 fr. par an.

C'est de l'argent à 20 pour cent.

Harpagon ne se serait pas fait cela avec soixante mille livres.

Et ici la loi n'a rien à voir, excepté à l'individu qui ne veut pas en passer par là, car alors il se trouve en état de vagabondage.

Aussi l'a-t-il dit en sortant de la représentation de l'*Avare* :

— Quel imbécile ! Enterrer son argent au lieu de le faire valoir !

*
* *

Lorsque vous emménagez dans la maison, visitez bien tout avec soin et réclamez même pour un clou; sinon, quinze jours après, vous allez trouver votre homme et vous lui dites :

— La serrure ne va pas; il faudrait la faire arranger.

— C'est que vous l'aurez *faussée.*

— Non, elle n'a jamais marché.

— Oh ! quand monsieur a pris possession des lieux, tout était en bon état, ainsi que, du reste, monsieur l'a signé dans son engagement.

On vous représente le papier : il est parfaitement en règle, puis on vous montre une ligne imprimée que vous n'avez pas lue :

« *Les réparations locatives sont à la charge du locataire.*»

Vous vous pincez les lèvres et vous dites :

— Soit ! mais faites arranger cela promptement.

— Que monsieur laisse sa clef, un jour qu'il sortira, ce sera moins gênant pour lui.

Prenez votre jour; laissez votre clef et rentrez un quart d'heure après : vous trouverez un homme en blouse blanche réparant votre serrure.

Regardez, c'est votre propriétaire qui fait lui-même

ces petites bricoles, c'est son expression, et vous les fait payer deux fois plus cher qu'un ouvrier.

* *
* *

Harpagon a des domestiques.

Lui n'en a pas.

Vous vous présentez à la porte; une femme encore jeune, tenant un balai à la main, vous fait entrer.

— Monsieur X... est-il chez lui?

— Non, monsieur.

— Alors, allez m'annoncer à madame.

— C'est moi, monsieur, vous répond-elle sans embarras.

Et l'on vous fait traverser un salon, dont les meubles soupirent après des habitants; mais des housses sales étouffent leurs plaintes désespérées. Vous apercevez une salle à manger qui n'a jamais vu fumer aucun plat et qui attend avec impatience le repas des fiançailles de mademoiselle, pour servir à quelque chose.

Enfin, vous arrivez dans une pièce carrée où trois lits sont installés. Deux de ces lits, au moyen de paravents, ont la prétention de s'isoler. Ces paravents forment les chambres du fils et de la fille de la maison.

Quelquefois le concierge vous dit :

— Monsieur est à la campagne.

C'est toujours à la fin d'octobre. Quel est donc ce mystère?

En voici la clef :

Au moyen de quelques meubles provenant d'un locataire insolvable, on a meublé un petit appartement hors Paris, dans une localité desservie par une ligne d'omnibus. C'est ingénieux et ça ne doit pas coûter cher.

Non, et on le sous-loue meublé à raison de six cents francs pour la saison ; puis, quand elle est expirée, on transporte là ses pénates et on grappille un peu sur les derniers beaux jours.

⁎
⁎ ⁎

Comme Harpagon, notre homme a un fils et une fille.

Mais Cléante a reçu une brillante instruction.

Mais Élise fera une femme du monde.

Bibi, lui, a moisi, jusqu'à treize ou quatorze ans, dans un externat du quartier ; et aussitôt qu'on a pensé qu'il devait savoir à peu près lire, écrire, compter et surtout tenir les livres, on l'a lancé dans le commerce. Aujourd'hui, il a dix-huit ans et gagne 1,200 fr. ; il verse à la caisse paternelle 50 fr. par mois pour son loyer et le repas du soir. Avec le reste, il déjeune, s'habille, se blanchit et... s'amuse ! Bibi à les dents longues et se promet de jouir de l'existence plus tard.

Tétè, la demoiselle, n'a jamais quitté les jupons de sa mère ; aussi, comme femme de ménage, son éducation s'est-elle ressentie de ce continuel voisinage. Heureux le gaillard qui confiera le gouvernail de sa maison à de semblables mains ! Femme peu gênante, se posant dans le premier coin venu, essuyant, épous-

setant, ravaudant toujours quelque chose. Malheureusement, personne ne vient chez son père, et Tétè
court risque de coiffer sainte Catherine.

Quelquefois, elle soupire ; sa mère lui demande
pourquoi.

— Pour rien, répond-elle en soupirant.

Puis, un instant après :

— Maman, quel âge avais-tu quand tu t'es mariée
avec papa ?

— J'avais seize ans ; mais, dans ce temps-là, on se
mariait très jeune, et puis nous n'avions rien ni l'un
ni l'autre. Aujourd'hui, les jeunes personnes bien éle-
vées ne se marient pas avant vingt-cinq ans.

Tétè resoupire de nouveau ; elle voudrait ne pas
être si bien élevée. Sa mère lui jette un regard furtif
et reprend :

— Quand nous aurons trois maisons, on ira voir
M. de Foy.

— Mais M. de Foy ne *fait* plus que dans la magis-
trature, la diplomatie et l'armée.

— Tiens ! tiens ! dit la mère, tu sais cela ?... Quand
je dis M. de Foy, c'est lui ou un autre, — quelqu'un
enfin qui tienne cet article-là.

Voilà pourquoi, dans la maison, il y a quelqu'un de
plus féroce que monsieur et que madame, c'est mademoiselle Tétè, qui enrage de ce que son père n'a pas
encore trois maisons.

*
* *

Mais comment un homme retiré des affaires peut-il arriver à s'arrondir de deux maisons ?

Nous avons dit que la propriété rapportait 12,000 fr. Les dépenses ne dépassent pas 2,000 fr. par an.

Mademoiselle Tétè a calculé (car elle a appris à compter, mademoiselle Tétè) qu'en cinq ans cela faisait, avec les intérêts cumulés, une soixantaine de mille francs d'économie ; mais, aujourd'hui, une maison coûte plus de 60,000 fr. On hypothèquera l'ancienne pour 30,000 fr., cela donnera 90,000 fr. Deux ans pour purger l'hypothèque, puis nouvelle hypothèque sur les deux maisons à la fois et achat de la bienheureuse troisième.

Mademoiselle Tétè a mis dans sa tête qu'en sept ans de temps on pourrait lui acheter un homme ; et le succès prouvera qu'elle avait raison.

* * *

Harpagon est chaste, ou à peu près. S'il ne l'est pas, c'est pour le bon motif, et l'amour qu'il a pour Marianne, jeune fille pauvre, le fait manquer à tous ses principes d'économie, puisqu'il veut l'épouser.

Notre avare, à nous, est grivois et ne déteste pas la plaisanterie. Mais, s'il était veuf ou célibataire, soyez persuadé qu'il ne prendrait pas femme pour ses beaux yeux.

Il a trouvé moyen de satisfaire ses passions, sans bourse délier.

Les chambres du sixième sont presque toujours occupées par de jeunes ouvrières qui, probablement, ont des raisons pour avoir quitté la maison paternelle, et qui, à l'approche du 8 fatal, ne sont pas insensibles aux œillades du dieu Terme.

Les naïves, et il y en a toujours, se laissent prendre à cette amorce; mais, hélas! quand vient le quart d'heure de Rabelais, il n'y a pas un centime de grâce à espérer. Il faut payer ou partir, sans emporter quoi que ce soit, excepté le regret de s'être fait jouer par un roué de cinquante ans.

*
* *

Cependant, un jour, une de ces demoiselles jura de se venger. Elle paya au moment venu. Six semaines après, le négociant chez lequel travaillait Bibi vint réclamer une somme de deux cents francs, que le jeune homme avait empruntée au caissier... pendant qu'il était allé déjeuner.

Tétè aurait préféré voir arrêter son frère plutôt que de rendre cet argent. Cependant, il le fallut.

Bibi fut rossé pour cinq cents francs au moins, et avoua, sous les coups, que cet argent était passé chez une petite demoiselle du sixième.

Madame et Tétè déclarèrent qu'elles allaient monter là-haut.

Le papa jugea à propos d'aller faire une course pressée.

Les honnêtes femmes arrivèrent chez la fille et lui firent une scène impossible.

Celle-ci ne se troubla pas, et, quand ces dames eurent fini de lui adresser une kyrielle de noms que notre plume refuse à écrire, elle leur dit tranquillement :

— Eh ! mon Dieu ! ce jeune homme a payé pour lui et son papa ; ça prouve qu'il est honnête.

Le soir, on fit une nouvelle morale à Bibi, morale que Tété termina par ce mot profond :

— Si au moins il avait fait comme papa !

* *
*

Comment tout cela finit-il ?

On a trois maisons, quatre maisons, dix maisons.

11.

Mais, un jour, la mort, cet huissier implacable, vient vous faire sommation d'avoir à vider les lieux (style consacré).

On n'est pas allé voir M. de Foy, et Tétè a bien séché depuis ce temps-là ; mais elle arrache le bonnet qu'elle a mis à sainte Catherine, et épouse le premier godelureau qui lui fait les yeux doux.

Un an après, elle est ruinée, et son mari la plante là avec un enfant.

Bibi, lui, quitte sa maison de commerce, achète chevaux, voitures, maîtresses, et fait si bien, qu'au bout de deux ou trois ans il rentre chez son ancien patron, avec des cheveux et des dents en moins, mais avec des dettes en plus.

Et la morale de tout ceci, c'est :

L'argent est rond, c'est pour rouler.

L'ŒUVRE DES SS. TABERNACLES

Ce que les belles châtelaines brodent aussi à la campagne, se sont des chasubles, que mademoiselle X. découpe dans de vieilles robes de moire, de satin, de brocart et de faye, qui ont dansé tout l'hiver.

Ces chasubles, offertes à de bons curés et à de modestes églises de campagne, sont purifiées par le saint sacrifice de la messe.

Toutes les grandes dames font donc appel aux jeunes femmes du monde qui relèguent leurs vieilles robes de soie dans un coin ou les donnent à leurs femmes de chambre. On peut en faire un meilleur usage en donnant ces robes fanées à l'Œuvre des SS. Tabernacles.

(Gazette rose.)

Avez-vous quelquefois songé à cette touchante légende de la Madeleine?

C'était une manière de cocotte de ce temps, — on disait alors courtisane,—lancée à fond de train dans tout

ce que le *high-life* avait de plus élégamment débraillé.
Et quel high-life! Ah! elles me font rire, les nôtres,
lorsqu'elles font les glorieuses parce qu'elles ont mangé
dans leur année un ou deux fils de notaire ou d'agent
de change.

Les autres grignotaient les revenus d'une province
dans un souper. On équipait une flotte pour chercher
leur poisson, et on eût envoyé dix mille vieux légion-
naires, du temps de la guerre des Gaules, pour aller
cueillir leur dessert dans le jardin des Hespérides.

Aucun sénateur ne se fût permis de crier contre le
luxe des femmes, sachant qu'il y avait des questions
de sauce bien autrement importantes.

C'est que, dans ce temps, il y avait des petits-crevés
qui s'appelaient Marc-Antoine.

Or, la Madeleine était une des hautes cocottes de
cette époque.

Un jour, pendant que son triclinium était rempli
des plus hautes têtes de la province, que ses esclaves
versaient, dans les coupes d'or enrichies de diamants, un
vin qui coûtait mille sesterces le conge, que ses *reporters* chantaient, en vers splendides, sa beauté et sa mu-
nificence, on se mit à parler de ce jeune homme, qui
s'en allait à travers le pays, tonnant contre les boursi-
cotiers et les rossant, et qui, accompagné de quelques
mendiants, prêchait l'amour du prochain, ce qui alors
constituait le délit évident d'excitation à la haine des
citoyens. Tous parlaient déjà de sévir.

La fille se mit à rire.

Elle paria — quoi? que sais-je? une somme qui eût

nécessité peut-être la vente d'une contrée grande comme le duché de Luxembourg et allumé la guerre aux quatre coins du monde,—elle paria, dis-je, qu'elle irait au-devant de ce jeune homme et que, rien que par la puissance de ses charmes, elle l'amènerait dans son palais.

Elle revêtit ses plus beaux habits, se couvrit de ses bijoux et, le sein à moitié nu, la jambe découverte, avec cette tournure qu'on appelait la démarche des déesses et dont la tradition est perdue, elle s'avança au-devant de l'ennemi. Elle vit un groupe composé de gens de toute sorte — d'élégants qui riaient et de pauvres qui paraissaient songeurs. Au milieu, se tenait un jeune homme, grand, à l'œil bleu et profond, au visage maigre et pâle, de cette pâleur terreuse qui indique les morts précoces, à la chevelure et à la barbe rousse : une grande beauté alors.

Sa robe était déchirée et tachée, — ses pieds nus étaient souillés de poussière. Il parlait.

Les rangs s'étaient ouverts devant la Madeleine.

Elle aiguisa son regard, donna un coup à sa coiffure, découvrit son sein, entr'ouvrit sa bouche adorable...

Le jeune homme la regarda...

Elle baissa les yeux.

Il continua de parler.

Elle rougit et écouta... puis, comme une coupable, elle détacha un de ses bracelets et le laissa tomber à terre.

Il parla encore.

Elle enleva son collier, — ses bijoux, ses anneaux, —: les laissant tomber les uns après les autres.

Il parla toujours.

Alors elle jeta un coup d'œil sur sa toilette, poussa un cri d'horreur, déchira ses habits, arracha sa coiffure et, se précipitant à terre, elle prit ses cheveux, ses admi-

rables cheveux tout embaumés des parfums pénétrants de l'Asie, et en essuya les pieds souillés de poussière et de glèbe de l'orateur.

Il n'y prit même pas garde et continua.

Lorsqu'il eut fini, il reprit sa route, escorté de ses compagnons habituels, et les passants se montraient dans sa suite une femme à moitié nue qui marchait en pleurant derrière lui.

Les autres attendaient la Madeleine, qui devait ramener le jeune homme.

La Madeleine ne reparut pas.

Cette légende me revint à la mémoire, en lisant cette demande de l'Œuvre des SS. Tabernacles, réclamant les vieilles robes fanées *ayant dansé tout l'hiver*. Le jeune homme, le proscrit, l'*outlaw*, le supplicié, est aujourd'hui un Dieu ; ses autels couvrent toute la surface de la terre ; — un de ses compagnons, Pierre, un ancien pêcheur, a laissé un héritage, qui a armé vingt fois, les unes contre les autres, les plus puissantes des nations !

Eh bien ! lorsqu'il n'était encore qu'un homme, — ou du moins sous la forme d'un homme, — une fille, une courtisane, crut ses vêtements trop impurs pour le toucher, et elle prit ses cheveux, ses propres cheveux. — On avait des cheveux à soi, dans ce temps-là.

Et, aujourd'hui, les femmes du monde se déclarent fort méritantes en envoyant, pour fêter les pompes de son culte, leurs vieilles défroques, toutes graissées à la taille par la transpiration des mains de leurs danseurs, toutes maculées de taches de vin et de sauces.

Et que dis-je ? les femmes du monde !

L'article de la *Gazette rose* ne prétend pas qu'il faille accompagner ces vieilles friperies d'un certificat d'origine ; en sorte que je mets bien au défi l'*Œuvre des SS. Tabernacles* de distinguer, à l'arrivée, la robe d'une femme du monde de celle d'une fille du quart de monde ; — l'égalité, sous ce rapport, a fait tant de progrès !

Il est vrai que le journal dit que tout cela est destiné à de *bons curés et de modestes églises de campagne !*

Il y aurait donc un bon Dieu de campagne et un bon Dieu de ville ? Mais, dame ! moi, je n'en sais rien. Naïf et crédule, je m'étais figuré jusqu'à présent que le Dieu de Notre-Dame de Paris était le même que celui du plus pauvre hameau ; je pensais qu'il n'y avait qu'une seule messe au monde, et que le dernier desservant qui officiait devait être dans un aussi complet état de pureté que le pape.

Je n'en sais rien, moi ; je ne suis pas catholique, et je ne demande qu'à être éclairé.

Et voyez où cela peut nous mener.

Viennent des jours de dureté et d'épreuve pour l'Église, et, d'après les mandements des évêques, ils sont venus, le Saint-Siége peut arriver à un tel état de détresse que cela devienne un devoir pour tous les ministres de Dieu de se dépouiller, au profit de la papauté, de tout ce qui n'est pas le strict nécessaire.

Mais alors il ne s'agit plus ici du Dieu de la campagne et des bons curés ; NN. SS. et LL. EE., évêques et cardinaux, vont être exposés au même danger.

Franchement, il deviendrait assez triste de voir un monseigneur quelconque, M. Dupanloup ou quelque autre, obligé d'officier, avec une ancienne robe de mademoiselle Cora Pearl, par exemple !

Faudrait faire attention à cela et, par ces distinctions

subtiles, filles légitimes ou non des deux morales de
M. Nizard, ne pas exposer une Turlurette quelconque
à dire, en voyant passer une bannière sainte :

— C'est le domino bleu qu'Adolphe m'a acheté pour
le dernier bal masqué.

Mais, après tout, dites donc, monsieur Veuillot, il
me semble que depuis deux heures je fais votre besogne
là ! Où donc est la vigoureuse plume des *Libre-Pen-
seurs*, celle qui a écrit le fameux chapitre :

« En vérité, en vérité, je vous le dis, monsieur l'abbé,
votre conduite est scandaleuse. »

Hélas ! monsieur Veuillot, *quantum mutatus ab illo,*
où est-il, ce temps ? — Sainte Germaine Cousin vous
perdra, ô Déodat : en vérité, en vérité, je vous le dis.

ROMANTIQUES ET BOHÈMES

Chaque fois que la mort fait une trouée parmi les écrivains qui ont aujourd'hui de trente à quarante-cinq ans, une certaine catégorie de public ne manque jamais de s'écrier :

— Encore une victime de la bohème !

Et le moraliste ventru, sans écouter les protestations lancinantes de son gros orteil, et tout en s'empiffrant de truffes, commence un sermon sur ces malheureux, qui se livrent à des orgies de gibelottes et de vin bleu, et termine toujours en parlant de la dignité des écrivains de 1830.

Eh ! mon Dieu ! qu'on nous laisse donc tranquilles une bonne fois avec les romantiques.

Lorsqu'ils ont commencé à bégayer les premiers mots de l'art, on sortait de l'Empire. On venait de

régler la formidable facture de toute cette gloire militaire dont on nous avait soûlés pendant quatorze ans.
Dieu sait si les huissiers de la Sainte-Alliance avaient
été tendres ! Enfin, ils venaient de s'en aller, et tout
recommençait à respirer.

Ce gros Louis XVIII, que ses varices et son obésité
empêchaient de monter à cheval, avait des goûts litté-
raires, et différait en cela de ses frères en droit divin ;
l'autre, celui qu'on n'osait même plus nommer, les
avait tellement houspillés avec son activité infernale,
que c'est à peine si, entre deux sonneries de boute-
selle, ils avaient eu le temps de lire Gœthe.

Quant à la France, en fait d'art, ce qu'elle prisait le
plus, c'était l'enlèvement des redoutes et les prises de
drapeaux.

On avait bien Chateaubriand; mais, décemment, on
ne pouvait guère revendiquer ce génie qui s'était
formé des douleurs de l'exil, et l'on en était réduit à
M. Pigault-Lebrun, le familier du roi de Westphalie.

Tout renaissait donc. Ce roi lettré ramenait avec lui
un tas de gourmets d'esprit et de langage, et, par-
dessus le marché, cette chose inappréciable qu'on ne
connaissait même plus de nom — une manière de liberté.

Certes, les petits génies familiers qui habitent les
Tuileries avaient eu lieu d'être bien étonnés du changement. Après les *pataquès* des duchesses de Sabre-
tache, entendre la langue raffinée des marquises de
l'ancien régime, c'était une petite différence, bien
qu'au fond tout ce monde-là se ressemblât assez. Paul-

Louis l'avait déjà dit : « Les courtisans sont tous les mêmes ; autrefois, ils répondaient : *Sire, j'attendrai ;* aujourd'hui, ils disent : *Sire, j'attendrons ;* à cela près, c'est la même race. »

Il se faisait un travail sourd. Les anciens cantatiers de S. M. l'empereur et roi cantataient pour S. M. le roi de France et de Navarre, comme font tous les cantatiers cantatant, pour lesquels le but de la poésie est de cantater quelque chose ; mais à côté de ces lyres du mobilier de la couronne se produisaient çà et là des choses vraiment remarquables. Un sonnet devenait un événement, comme aujourd'hui un calembour. On conservait le nom de l'auteur. Les salons s'inquiétaient de lui, — on finissait par le découvrir, — on l'amenait dans la bonne compagnie. S'il était pauvre, on lui inventait quelque part une sinécure. On voulait ressusciter le grand siècle, et, ma foi ! l'on y parvenait, car l'Abbaye-aux-Bois finit par n'avoir plus rien à envier à l'hôtel Rambouillet.

Là trônaient, dans toute leur puissance, la grâce et le génie : madame Récamier et Chateaubriand. Autour de ces deux astres gravitait une pléiade de jolies femmes, grandes dames qui tenaient à cœur de découvrir un jeune homme de talent, un Michel-Ange ou un Dante en herbe, dont elles fussent la Béatrix ou l'Éléonore, et elles y arrivaient, portant ces gloires au maillot avec plus d'orgueil que leurs diamants.

Ce salon constituait la tête de cette société parisienne, l'envie du monde entier, et à laquelle la pioche de M. Haussmann a porté le dernier coup.

Les écrivains, les artistes, dès qu'ils avaient quoi que ce fût au ventre, n'avaient qu'à se laisser faire.

Cette énorme blague des Gilbert, des Malfilâtre et des Chatterton était dans son épanouissement. La grande terreur sociale était de voir quelque *versifrico-*

teur avaler sa clef. Dieu sait quels cris l'on poussa lors du suicide de Lebras et d'Escousse, — ces couplétiers impatients, qui n'ont pu forcer la porte de la célébrité qu'à coups de réchaud. Aussi, voyez les autres, grimpant lestement au Panthéon, soutenus par de belles dames, comblés de distinctions et vivant comme les princes, dans l'intimité desquels ils étaient reçus.

12.

Pendant ce temps, les idées suivaient leur cours normal, et eux suivaient les idées. Les chantres de la Sainte-Ampoule chantaient les Glorieuses Journées, et lorsque 48 arriva, on trouva tout à fait logique de les voir dans le mouvement, et c'était justice. — Le propre de la vraie supériorité est d'aller toujours de l'avant.

Hélas ! la génération qui suivit ne trouva plus rien à glaner. — L'Abbaye-aux-Bois n'existait plus, et les belles dames d'autrefois avaient changé de marotte. Puis, la place était encombrée. Les procédés de facture avaient fait des progrès. — Le talent, une espèce de talent trompe-l'œil, courait les rues. Puis cette société parisienne n'existait déjà plus. Puis les grands souffles manquaient. Puis, puis... toutes ces choses que vous savez.

Interrogez tous ceux qui datent de quinze années et qui ont gros comme ça de notoriété. Demandez-leur de jeter un regard en arrière, et de compter les buissons auxquels ils ont laissé les lambeaux de leur cœur, de leurs illusions, de leur santé. Dites-leur de vous nommer les salons qui les ont reçus, les Elvires qui les ont aimés, les princes qui les ont encouragés.

Ils préféreront se taire que de vous répondre.

C'est que, derrière eux, c'est la chambre froide en hiver, chaude en été ; c'est le spectre de la faim et du travail improductif. — Le salon s'appelle la gargotte ; l'Elvire, Maritorne ; et, quant aux Mécènes, — allons donc ! ils ne mangent pas de ce pain-là.

A dix-huit ans, le moindre commis gagne sa vie en travaillant dix heures par jour, et c'est à peine si, à trente ans, ils sont parvenus à ne pas mourir de faim.

Mais, comme parfois un louis venait s'égarer chez eux, qu'alors ils se mettaient à trois ou quatre pour le fêter, et que, conséquemment, ils allaient au bon marché, — on criait au manque de tenue !

Mais si, reconnaissants envers quelque Béatrix de faubourg, qui les avait aimés gratuitement, ils gardaient près d'eux la pauvre fille sans ressources, — on criait au manque de conduite !

Mais, parce que les trente-deux sous qu'ils devaient à leur vendeur de soupe faisaient plus de tapage que les centaines de mille francs de dettes de leurs devanciers, — on criait au manque de probité !

Le fait est qu'ils ont manqué de bien des choses, de prévoyance surtout. Ils n'ont pas réfléchi, les pauvres garçons, que les trois ou quatre sous d'alcool qu'ils avalaient, l'estomac creux, faisait plus de mal à leur corps et à leur réputation que s'ils s'étaient grisés régulièrement, chaque soir, avec du vin vieux, en faisant un bon dîner.

Aussi, lorsque, après des luttes terribles, des escalades formidables, ils sont arrivés sur le plateau béni et qu'ils gagnent honorablement à peu près ce que leurs aînés donnaient à leur cocher, — une belle nuit, ils sentent à l'estomac ou au cœur une douleur inconnue. Ils se réveillent et à travers les rideaux de l'alcôve aperçoivent la bouche grimaçante de la Mort qui leur dit :

— En route, il est temps !

Ils meurent jeunes presque tous ; mais au moins ils meurent debout et peuvent dire :

— Nous n'avons cru à rien, c'est vrai ; mais le moyen de croire après avoir vu ce que nous avons vu ? Eh bien ! sans foi dans quoi que ce soit, foulés, écrasés, affamés, nous sommes restés honnêtes, quand il nous eût été si facile de faire autrement. Si nous avons succombé à certaines tentations, elles n'ont fait de mal qu'à nous-mêmes, et bien des gens, et des plus huppés, n'en peuvent pas dire autant.

Est-ce à dire qu'il faille les glorifier ?

Non, mais il faut les excuser et surtout les réhabiliter. Il n'est pas donné à tous de ne trouver dans la lutte et la misère qu'une trempe de plus pour le caractère et le talent ; de pouvoir refouler au fond de son cœur toutes les chansons joyeuses de la jeunesse ; de dire à la séve qui bouillonne et qui demande à s'épancher de tous côtés :

— Paix, tais-toi — reste là. Ni l'amour ni le plaisir ne sont faits pour toi !

Ceux-là — les rares — vivront ; ils seront les forts de demain, et leur force sera terrible, je vous le dis.

Quant aux romantiques, qui ont eu tous les bonheurs, toutes les joies, tous les honneurs, toutes les richesses et toutes les gloires précoces, — voyez ce qu'ils deviennent.

Et qui sait si le plus illustre de tous ne doit pas remercier l'exil de l'avoir sauvé du sort de ses compagnons de jeunesse ?

Quand au milieu du cercle paraît soudain un individu.....
(Le Tireur de cartes et son Pitre.)

NOS AMIS

Nous les avons vus pour la première fois, nous ne nous rappelons pas bien à quelle époque, en quel endroit. A peine connaissons-nous leur nom. Nous ne pouvons pas faire un pas sans les rencontrer sur le boulevard, toujours fort bien mis, fumant des cigares de haute régie, ayant le regard chatoyant et la main affectueuse. Nous ignorons d'où ils sortent, ce qu'ils font, où ils vont. Peut-être un jour, en visitant Brest ou Toulon, leur achèterons-nous une tabatière en coco, sans plus nous étonner de les rencontrer là qu'à Mazarin ou aux Variétés.

Ils connaissent, coudoient, tutoient parfois tout ce qui appartient à la littérature, aux arts, au théâtre. Ils posent leur pavillon sur nous et nous les subissons. Ils remplissent les appartements des rois de la pensée,

heureux d'une parole, d'un sourire, d'une commission.
· Quand travaillent-ils ? — Quand dorment-ils ? —
Où demeurent-ils ? — Où prennent-ils l'argent qui
leur permet de dépenser 10 fr. de bière par jour ?

Questions terribles qu'Œdipe lui-même n'eût pas
résolues.

La première parole qu'ils vous adressent c'est :
« Tiens ! je quitte Dumas, Barrière, Sardou...» Vous ne
vous rappelez pas qu'ils aient jamais dit « monsieur. »

Ils connaissent la chronique, le dernier mot, le petit
scandale, mieux que personne, et je soupçonne fortement messieurs les reporters de les faire travailler au
rabais.

Celui-ci s'appelle le commandant, on ne sait pas
pourquoi ; il a peut-être été maréchal-des-logis, et encore en doutez-vous, car vous le voyez parfois ramasser
de mauvaises affaires, sans y donner suite.

Celui-là est connu sous le nom du Docteur : il laisse
tomber sa carte et vous lisez : *Pédicure, manicure de
la reine Ragnavaloo.* Ce monsieur va tous les matins
à Madagascar pour soigner les extrémités royales de
cette noire Majesté.

Cet autre porte un ruban.

— Ah ! çà, dites-vous, quelle est donc cette décora-
tion blanche qui s'épanouit à la boutonnière de M*** ?

— Elle n'est pas blanche, elle est jaune.

— Bah ! je la croyais blanche.

Quelques jours après, vous dites :

— A propos, vous aviez raison l'autrefois, la déco-
ration de M*** est jaune.

Mais non, c'est moi qui avais tort : elle est blanche.

Et vous avez raison tous deux.

Vous êtes une semaine, un mois un an, sans rencontrer l'un d'eux. Puis, en passant dans une rue peu fréquentée, vous vous croisez avec un pauvre hère, à l'habit hermétiquement fermé, au linge absent, aux bottes éculées, au chapeau roussâtre.

— Où diable ai-je vu cette tête-là ?

Quelques jours après, un monsieur à la mine fraîche, à l'elbeuf irréprochable, bien botté, bien ganté, vous rencontre sur le boulevard.

— Ah ! cher ami, que je suis heureux de vous voir !

— En effet, il y avait quelque temps qu'on ne vous avait aperçu.

— J'arrive de voyage.

Et vous vous éloignez en pensant :

— C'est singulier ! sans cette différence d'allures et de tenue, je dirais que c'est l'homme de la rue *chose.*

Règle générale. Lorsqu'un de ces messieurs vous dit qu'il arrive de voyage, attachez à cela le même sens que lorsqu'une femme équivoque prétend qu'elle arrive du théâtre de Bruxelles.

Ils ont quelquefois une mère, souvent une femme, toujours des maîtresses.

Le dimanche, ils se livrent assez volontiers dans la journée à la promenade conjugale. Ils donnent le bras à madame, qui est fort élégante, et la main à un petit lycéen : monsieur leur fils.

Mais alors l'homme est en famille — il est lui.

L'œil est tors — la lèvre pincée — le front nuageux,

S'il parle à sa moitié, c'est d'un ton sec et impératif: les sourires et les calembours sont pour les filles.

La femme est généralement maigre — elle a le teint pâle et le dessous des yeux bistré — un voile de tristesse craintive couvre sa physionomie. Si elle a à traverser le macadam, elle quitte le bras de son mari, se retrousse avec précaution et fait bien attention à ses bottines : peut-être n'en a-t-elle pas à discrétion.

Tachez d'incruster cette figure dans votre mémoire, et probablement qu'un jour vous la verrez, en bonnet et en robe de cotonnade, porter clandestinement de l'ouvrage dans un magasin.

A part cette après-midi hebdomadaire, ils sont toujours en garçon. Seuls à déjeuner, mangeant bien, buvant sec, prenant le café, donnant gros pourboire.

Le soir, ils sont à toutes les premières représentations; la pièce étant toujours d'un ami. S'il y a tant soit peu de succès, on se retrouve au café Riche et gare à l'auteur !

La deuxième claque commence son œuvre : on vient de se placer du coup au premier rang, laissant bien loin derrière soi Dumas fils, Barrière, Feuillet.

Ce bruit, né avant le souper, passe la porte, suit le boulevard, prend les rues adjacentes, se répand dans la ville, entre dans les maisons, pénètre chez les habitants furtivement pendant la nuit, et le lendemain Paris s'éveille en s'écriant :

— La pièce est un chef-d'œuvre !

— Qui dit cela ! demande tout le monde.

Et tout le monde répond :

— Tout le monde !

Soyez donc bien avec eux ; c'est-à-dire : donnez-
leur la main, mais ne la leur serrez pas ; allez où ils
vont, mais ne les emmenez pas où vous allez ; en
un mot, soyez leur ami, mais n'en faites pas les
vôtres.

Comme ils sont toujours libres, disponibles et obli-
geants ; comme ils connaissent tout Paris ; comme ils
ont une certaine pratique des affaires, on se laisse aller
parfois jusqu'à s'attacher l'un d'eux.

Alexandre Dumas avait cette faiblesse.

Il ne s'en est jamais corrigé. Il a été littéralement
dévoré par ces rongeurs ; il en a eu jusqu'à quatre ou
cinq à la fois : c'était leur vache à lait, leur ferme de
Beauce.

L'un, entre autres, occupait auprès de lui une
position qu'il n'aurait pas su bien déterminer lui-
même. Un peu moins que secrétaire, un peu plus que
valet : *une bonne-à-tout-faire mâle ;* caressant toutes
les passions du maître, les alimentant au besoin ;
rufien et chef des eunuques ; surveillant la favorite ré-
gnante et introduisant le caprice ; portant les bottes et
les maîtresses délaissées, mais, en homme qui sait tirer
parti de tous les débouchés, les ménageant assez pour
pouvoir repasser les unes au marchand d'habits-
galons et les autres à quelque revendeuse d'amours
d'occasion.

Au demeurant le meilleur fils du monde, et faisant,

de temps en temps, avoir dix francs à un pauvre diable auquel on en devait cent.

Le grand homme connaissait le drôle ; mais il avouait ingénument qu'il ne pouvait s'en passer ; il savait ses affaires. En effet, le jeter à la porte eût été difficile : il avait toujours en train une négociation dont lui seul tenait tous les fils, et, en terminant celle-ci, il en commençait immédiatement une autre.

Cette tactique lui permettait des bouderies de quatre ou cinq jours, pendant lesquels le patron poussait un : *enfin !* du fond du cœur. Mais crac ! arrivait une complication, et il est obligé d'envoyer deux ou trois courriers, dans des directions différentes, avec ordre de lui ramener son homme mort ou vif.

Il y a des gens qui sont obligés de porter un séton : c'était le séton domestique de cet illustre malade.

Que de trésors d'observations, que de détails de mœurs ignorés, que de drames intimes ne rapporterait pas l'écrivain hardi qui aurait le courage de passer de grandes bottes, de retrousser ses manches et de descendre, la lampe à la main, dans l'égout de ces existences problématiques.

Mettre un faux nez à sa moralité et à son esprit ; se faire, pendant un mois, chenapan avec ces chenapans ; pénétrer dans leur trou ; crocheter leur existence ; regarder, sous la marmite, le foyer de hontes auquel ils font bouillir leur pot-au-feu ; chercher par quel stratagème ils ont trouvé femelle et pu se donner lignée ; retrouver, en un mot, le petit souterrain qui commence au registre des naissances et aboutit presque toujours au bagne, à la Morgue ou au dépôt de mendicité, puis reparaître, enfin, au grand jour en jetant à la foule ébahie ces nouveaux cercles de l'enfer parisien.

Ce serait une belle tâche.

Hélas! peut-être tout le monde ne revient-il pas de l'Enfer, et celui-là aurait-il le sort de Privat d'Anglemont, mort pour avoir fait les *Industries inconnues!*

LES BLAGUEURS

Néanmoins tous prennent également le pas sur tout le monde, parlent à tort et à travers des choses, des hommes, de beaux-arts; ont toujours à la bouche le Pitt-et-Cobourg de chaque année; interrompent une conversation par un calembour; tournent en ridicule la science et le savant; méprisent tout ce qu'ils ne connaissent pas ou ce qu'ils craignent, puis se mettent au-dessus de tout, en s'instituant juges suprêmes de tout. Tous mystifieraient leurs pères et seraient prêts à verser dans le sein de leurs mères des larmes de crocodile; mais généralement ne croient à rien, médisent des femmes et obéissent, en réalité, à une mauvaise courtisane ou à quelque vieille femme. Tous sont également cariés jusqu'aux os : par le calcul, par la dépravation, par une brutale envie de parvenir, et, s'ils sont menacés de la pierre, en les sondant, on la leur trouverait à tous au cœur.

BALZAC.

Voilà ce qu'écrivait l'immortel auteur de la *Comédie humaine* sur une partie de la jeunesse dorée de son temps.

La jeunesse dorée n'existe plus ; le petit monde de chrysocale qui nous assourdit de son tapage ne peut prétendre à ce titre. Mais, du moment qu'au nom de l'égalité le premier clampin venu usa du droit incontestable d'imiter les viveurs d'autrefois, qui jetaient cinq cent mille francs par an dans les ordures parisiennes, ces mœurs gagnèrent du terrain, et il se forma en France une classe immense d'individus à la nullité desquels ces allures servirent de masque.

Je veux parler de l'aimable confrérie des *blagueurs*.

Ils sont partout : dans les salons, dans les cercles, dans les cafés ; ils donnent le ton à toutes les nations, ou du moins c'est leur prétention ; ils ont des théâtres à eux, des journaux à eux, une littérature à eux, une musique à eux. Grands bohêmes ou petits bohêmes ; hommes politiques, d'industrie, de commerce, de finances ou de plaisirs ; artistes, poëtes, journalistes : étiquettes multiples et trompeuses pour désigner éternellement le même homme sous des conditions sociales différentes.

Au fond, fils légitimes de ce *cabotinisme* qui nous ronge, et que M. Barbey d'Aurevilly sangla avec tant de vigueur un jour.

Il s'est trouvé, il y a quelque dix-huit ans, un homme d'une incontestable supériorité. Descendant — par l'escalier dérobé — d'une maison souveraine ; plein de formes séduisantes et à la fois de hautes manières ; d'un esprit brillant et d'une intelligence très réelle ; ayant étudié les hommes dans les cours, dans les salons, dans les boudoirs, et plus bas encore :

connaissant tous les moyens de les conduire, et les ju-
geant à leur juste valeur, mais, malheureusement, jau-
geant toute l'humanité avec cette mesure uniforme
dont, en définitive, il était l'étalon.

Incarnation vivante du *de Marsay* de Balzac, pour
lequel il semblerait qu'il eût posé, il prit la vie comme
une partie engagée avec le *fatum*, et il eut la chance
de retourner le roi.

Les plus graves enjeux, il les jeta sur le tapis vert,
en riant, en faisant des mots, insouciant du résultat
et assez beau joueur pour payer avec un dernier éclat de
rire, même de sa tête, la partie perdue.

Il gagna.

Aussi calme devant la chance qu'il l'eût été en face
de la déveine, il empocha les mises en riant et en disant : « C'est drôle ! »

L'homme et le mot ont fait école.

Éblouie par ces hautes façons, par cet éclatant succès, par ce scepticisme patricien, par quelques saillies
paradoxales, lancées dédaigneusement entre deux bouffées de cigares sur le turf ou dans quelqu'une de ces
réunions banales où la haute-gentry est bien obligée
de coudoyer un peu la canaille, la tourbe des gobe-
mouches dévora cet homme des yeux, nota ses gestes,
se précipita sur ses mots pour les enchâsser le lendemain dans ses gazettes, et lui fit, de son vivant, un
piédestal de toutes les échines souples, de tous les pieds
plats, de tous les fronts étroits, ne remarquant même
pas le coup d'œil chargé de mépris dont il l'écrasait.
Non, toutes les grenouilles voulurent se faire aussi

grosses que le bœuf, le drôle voulut singer l'aven-
turier, et Chabannais se glisser dans l'habit de de
Morny.

La France, la nation peut-être la plus héroïque, est,
par un côté, la plus lâche de toute la terre : un mauvais mot, suivi de l'éclat de rire de deux cents gâteux,
la fait pâlir et s'évanouir comme une femmelette.

Parce qu'il s'y est trouvé parfois quelques pépites
d'or, elle se figure que l'égout qui coule entre la
Chaussée-d'Antin et le faubourg Montmartre est son
San-Sacramento, et elle prend les calembours de ses
paillasses pour les arrêts suprêmes de son cerveau.

De la Manche à la Méditerranée, des Pyrénées aux
Vosges, il est entendu que l'esprit français ne fonc-
tionne que de quatre heures et demie du soir à une
heure du matin, dans les gargottes et les buvettes en
renom, entre un bock et une fille à vingt francs la
course ; le pays tout entier se règle là-dessus.

C'est là que, pour être *drôle*, a besoin d'être lâché
le fameux mot qui doit faire le lendemain l'admiration
du monde et conduire son auteur à la prospérité — ce
mot que rediront les échotiers, car l'*échoterie* est un
état qui fait, fichtre ! bien vivre son homme.

La nymphe Écho, s'ennuyant au fond des bois, a
ouvert une petite boutique sur le boulevard, et n'épar-
gne rien pour contenter les personnes qui veulent bien
l'honorer de sa confiance.

Donc, ces pantins finirent par croire qu'il y avait là
une puissance, et ils s'en servirent.

Comme tout ce qui, dans ce temps, peut avoir une

valeur quelconque les efface et les écrase, ils cherchent dans chaque grand caractère, dans chaque vrai talent, le petit côté, le seul qui soit à leur portée, et ils fabriquent les mots.

Tout ce qui n'est pas médiocrité plate et pourriture morale étant soufflet pour eux, chaque fois qu'ils voient passer une créature les dépassant de la tête, une idée au-dessus de leur portée, — ils cherchent à la salir. Éternellement du *côté du manche*, c'est toujours sur l'enclume que tombe leur boue, mais jamais sur le marteau.

Ils ont tellement déshonoré le rire, ce vieux rire gaulois, ce rire honnête-homme, que le rire les a fuis; ils portent l'ennui stéréotypé sur leur face.

Comme ils se haïssent les uns les autres, lorsque l'un d'entre eux a lâché son mot, il glisse timidement un regard sur la galerie, pour juger de l'effet; les autres restent impassibles, et ce n'est qu'après que la délibération a lieu, pour savoir si le mot est réellement *drôle*.

— *Garibaldoche*, lancé naguère, du temps où une vache enragée mangeait l'héritier d'un duché-pairie, et pour faire pendant au nom de la demoiselle, *Garibaldoche*, le croirait-on ? a failli être blacboulé. Heureusement qu'il a fini par l'emporter !

En effet, comment comprendre qu'un homme donne toute sa vie et celle des siens pour sa patrie ; qu'il ne vive que pour une idée ; qu'il lui ait sacrifié la femme qu'il adorait ; qu'il se soit trouvé partout où il y a eu luttes, dangers, fatigues, privations, et que, du moment que les récompenses, la fortune, les honneurs viennent à la suite du succès, il se sauve dans son trou !

Garibaldoche ! Garibaldoche ! C'est le mot de la situation.

Un grand artiste a la pensée de sortir de l'ornière battue, il travaille dix ans à une œuvre, sa réputation l'a devancé, et il a la sottise de venir en offrir la primeur à ces crétins qui n'en sont qu'aux mirlitons de la fête de Saint-Cloud, mais qui s'érigent en dispensateurs de la gloire.

Le rideau n'est pas levé que le charivari commence :

— Mais pourquoi ? quelles raisons ? demande, l'âme brisée, le pauvre homme.

— *Panne-aux-Airs*, lui répond, dans un caboulot, un des Shakespeares de la corporation.

Panne-aux-Airs suffit pour tuer un homme.

Tu es cruel, Chabannais !

Ah ! mais ils sont comme ça, ils *envoient la claque !*

Ils l'ont envoyée aussi à Juarez, lorsque proscrit, chassé de ville en ville, de bourgade en bourgade, éternellement vaincu, mais jamais soumis, le président de la République mexicaine, avec une poignée d'hommes, voulut protester jusqu'au dernier souffle contre l'envahissement de sa patrie.

Je ne sais quel joli mot a été dit sur son compte.

Mais depuis que Juarez a montré qu'il *envoyait la claque* aussi, et de terribles claques, Chabannais se tait et se console en achetant la photographie de Maximilien.

Ils ont inventé une formule pour tous ceux qui ont une croyance à l'âme, une foi au ventre ; ils les appellent les gens qui *croient que c'est arrivé.*

Il ne faut pas *croire que c'est arrivé,* ça manque de chic.

Eux ne croient qu'à une seule chose : aux carottes que leur tirent les demoiselles qui ornent leur existence.

Mais ils ne croient ni à la patrie, ni à la liberté, ni à l'amour, ni à la paternité, ni à leurs femmes, ni à leurs enfants légitimes, qui crèvent parfois la faim dans un taudis, au fond de quelque arrondissement régulier, pendant qu'ils s'empiffrent, à se faire éclater le ventre, dans tous les cabarets du vingt et unième.

Lâches devant leur sang, comme devant tout ce qui est la vérité, ils renient leurs mères lorsqu'elles son moins élégantes que les catins.

Un de leurs reporters écrivait au directeur de son journal :

« *Ayez donc la bonté de remettre cinq louis, à valoir sur mon compte,* A LA BONNE FEMME *qui vous portera ce billet.* »

Cette *bonne femme* l'avait mis au monde vingt-cinq ans auparavant dans la loge d'une maison de la rue de Provence, et continuait à en nettoyer les escaliers, pendant que son fils balayait le boulevard avec sa plume ; aussi ce fils de portier se croit obligé de dire *louis !*

Si cette race de castrats avait réellement l'influence

qu'elle se figure, c'en serait fait de la France et peut-
être de l'avenir de l'humanité.

L'ennemi entrerait chez nous — *ces laquais la trouveraient drôle* et blagueraient ceux qui se feraient
écharper pour l'empêcher, en disant : « Ils croient que
c'est arrivé. » La pensée serait complétement étouffée,
le droit étranglé, la dignité humaine souffletée : — *ils
la trouveraient drôle,* et feraient des mots sur les martyrs.

Et, en effet, que leur importe !

La dignité !... Kékcékça ?

La pensée... vous dites ?

Le droit ? Eh ! mais c'est la faculté qu'on a toujours
et partout de blaguer les vaincus et de se soûler avec
des filles.

14

LES JUIFS

M. Victor Tissot, dans un article intitulé *la Question des Juifs*, disait : « Les Juifs de Valachie, comme « ceux de toute l'Europe orientale, sont avant tout « manieurs et prêteurs d'argent, » et il terminait en s'écriant : « la mosaïque aversion contre le travail « manuel et la cupidité de Jacob sont absurdes et dan- « gereuses. »

Tout en partageant complètement l'avis de M. Tissot et sans vouloir prendre parti dans le débat, j'ai le droit de remonter aux sources de cette aversion pour le travail manuel, et de cette cupidité. Peut-être le lecteur trouvera-t-il alors que les accusés ont du moins pour eux quelques circonstances atténuantes.

Prenez un Juif quel qu'il soit, excepté le juif fran- çais, — examinez bien sa physionomie, sa tournure, ses mouvements. Si vous êtes réellement observateur, ce qui vous frappera tout d'abord, dans ce type, c'est l'*effarement*. L'œil manque de hardiesse, les gestes sont saccadés, la démarche inquiète; — s'il aborde, sa politesse devient de l'obséquiosité, — s'il est abordé, son premier mouvement est le soupçon.

Il est bien entendu que j'exclus absolument les quelques Juifs des grandes capitales qui, depuis une ou deux générations, sont arrivés à une certaine position sociale et qui, mêlés par leurs relations de commerce et d'amitié avec les indigènes, perdent de jour en jour, non seulement les habitudes de leurs ancêtres, mais encore les pratiques de leur religion.

Chez ceux-là, bien que le type se conserve pur, que le sang ne se mêle jamais à celui des gentils, que les aptitudes et les goûts ne changent pas, l'intelligence de leurs droits sociaux, la conscience de leur position, le sentiment de leur valeur leur ont donné l'aplomb qui manque à ceux dont je m'occupe.

Mais allez en Allemagne, en Russie, en Portugal. Entrez un jour de sabat à la synagogue, portez vos regards sur tout ce qui n'est pas la très haute aristocratie de la race, et vous retrouverez cet effarement dont je vous parle.

A quoi cela tient-il?

A toute la vie de ce peuple, resté peuple malgré sa dispersion.

Ouvrez son histoire depuis six mille ans; histoire claire, nette, précise, comme aucune nation ne peut se vanter d'en posséder une; histoire qui commence à la création et qui se continue sans interruption, jusqu'à nos jours.

Il n'y a pas à la discuter, celle-là. Nous devons l'accepter, sans contestation, sans discussion, sous peine de 'damnation éternelle, au moins jusqu'à la venue du Christ — nous autres chrétiens.

Elle nous le dit elle-même et les pères de l'Église, les conciles, les écrivains sacrés nous l'affirment, elle est divinement inspirée et conséquemment irréfutable.

Que sort-il de cette lecture? L'épouvante et l'horreur.

Un Dieu terrible et implacable qui, pour des desseins sans cesse ignorés, nomme cette petite tribu son peuple à lui, au détriment de tous les autres peuples, qui eux aussi pourtant sont sortis de sa main créatrice; qui s'annonce lui-même comme le « Dieu fort et ja- « loux ; celui qui punit l'iniquité des pères jusqu'à la « millième génération. »

Sans cesse soupçonneux et défiant, lançant la flamme, le feu, les monstres, l'eau; déchaînant tous les éléments et tous les fléaux à la moindre incartade; croyant à peine à la justice dans l'homme et lui, le prescient, celui « qui sonde les cœurs et les reins, » ayant besoin « d'éprouver le cœur des pères. »

Quoi d'horrible comme le sacrifice d'Abraham ?

A propos de légères fautes, il lance les nations qui ne l'adorent pas sur celle qui l'adore et la condamne à des siècles de servitude. Puis, par un nouveau caprice, voulant la sortir de cette servitude, il s'amuse

à capituler avec un roi et, au lieu de le punir de son
entêtement, il frappe le pauvre peuple d'Egypte de
plaies effroyables et finit par l'extermination de tous ses
premiers-nés, « depuis celui du roi jusqu'à celui de la
« servante qui est au moulin, » et pourquoi tout cela ?

On cherche le coupable et on ne le trouve pas, car
l'histoire dit : *L'Eternel endurcit le cœur de Pharaon!*
Le Pharaon n'est donc plus fautif! L'homme, avec son
intelligence bornée, qui ne peut pénétrer les secrets di-
vins, perd la notion du vrai, du faux, du juste, de
l'injuste, et n'a plus qu'à trembler et à s'incliner sous la
main implacable qui frappe à droite et à gauche, sans
qu'il puisse deviner le *pourquoi* fatal.

Pourtant une éclaircie se montre, un instant, au
milieu de ce sombre: la judicature de Samuel. Cependant les Juifs ont entendu dire que les autres peuples
ont des rois et ils veulent être comme eux.

Dieu ordonne à Samuel de leur dire ce que c'est
qu'un roi; mais le magistrat a beau leur crier :

« Il prendra vos fils et les mettra sur ses chariots et
« parmi ses gens de cheval, et ils courront devant son
« char; il les prendra aussi pour les mettre gouver-
« neurs sur des milliers et gouverneurs sur des cin-
« quantaines, pour labourer ses champs.

« Il dîmera ce que vous aurez semé et vendangé, et
« il le donnera à ses officiers et à ses serviteurs.

« Et alors vous crierez à cause de votre roi que vous
« vous serez choisi et l'Eternel ne vous exaucera
« pas. »

Le peuple y tient, et nous connaissons tous cette

effroyable histoire d'Israël pendant la domination des rois !

Toujours la terreur, qu'elle vienne du ciel ou qu'elle vienne de la terre. Aussi lorsque Jésus vient, avec sa doctrine de douceur et d'amour, aucun ne veut le reconnaître comme le fils du Dieu terrible qu'il a seul connu.

Alors qu'arrive-t-il ? Un phénomène assez singulier.

Le Christ annoncé sauve tout le monde, excepté ceux qu'il est venu pour sauver.

Quant aux Juifs, à ceux qui ont *vécu* la tradition, si je puis m'exprimer ainsi, fidèles à cette tradition, c'est au milieu des effrois de la tempête, à travers les lueurs fulgurantes de la foudre, qu'ils attendent le Messie.

« Sois prêt, les reins ceints, le bâton de voyage à la « main, » leur répète à chaque instant le Livre sacré. Et, sous la menace perpétuelle d'un nouvel exil, dans l'attente constante d'un ordre de départ, l'homme doit être sans cesse prêt à réunir en quelques heures ce qu'il possède, afin d'obéir à l'ordre fatal.

Suivrons-nous cette malheureuse race, dont la vie va se trouver mêlée à celle des autres nations ?

Ah ! c'est bien facile ! Le sang et le feu nous montreront sa trace, et son histoire, au milieu des autres histoires, se détachera distincte, originale, comme son type des autres types.

Terreur ! terreur ! toujours terreur !

Pas de champs au Juif, pas de maison, pas de métier, pas de marchandises, le moins de bagage possible ; il faut pouvoir fuir d'un moment à l'autre.

« Sois prêt, les reins ceints, le bâton de voyage à la main. »

Le roi a-t-il besoin d'argent? Sus au Juif! Tue! tue! pille!

Une épidémie arrive-t-elle? Il doit y avoir un Juif quelque part. Sus! sus au Maudit!

Un enfant s'est-il perdu ? C'est le Juif qui l'a pris pour l'égorger le jour de la Pâque. Sus au Juif! Tue! tue !

Un mouton meurt-il de la clavelée? C'est le Juif! Sus au sorcier! Tue! tue!

Aussi, comme ce cri sonne perpétuellement à son oreille, que peut-il faire ? — L'or s'épuise, il faut donc l'entretenir. Il le prête à ses persécuteurs, mais, en justice, le Juif n'est pas cru contre le chrétien. Il faut qu'il prévoie tout ; il enfle donc ses intérêts, parce qu'il sait bien que, pour un qui le remboursera, dix lui nieront la dette.

Et cela a duré et, dans quelques pays, dure encore depuis vingt siècles. Cette terreur, elle est constante, perpétuelle ; lorsque la mère conçoit, c'est dans la terreur ; c'est dans la terreur que l'enfant joue : les petits chrétiens peuvent le rencontrer et le lapider ; c'est dans la terreur que l'homme ferme les yeux aux siens et que, la nuit, il s'en va furtivement enfouir un cadavre bien-aimé sous quelque arbre de la plaine, pour le sauver de la voirie !

Cette habitude de manier l'argent, par suite de l'impossibilité de manier la charrue ou l'outil, elle se transmet de père en fils depuis cent générations, et vous voulez que du jour au lendemain elle disparaisse !

Mais songez donc qu'il a fallu la Révolution française pour qu'un Juif lorrain ait osé faire à un paysan cette réponse si pleine de logique :

— Tueur de Bon Dieu ! tueur de Bon Dieu ! Depuis deux mille ans bientôt que tu me dis cela, ça m'ennuie à la fin. Si je t'ai tué le tien, tue-moi le mien, — mais vivons en paix !

Un peu de patience ; — les Juifs ne respirent en France que depuis soixante-dix-huit ans, après six mille ans d'épouvante, et depuis bien moins encore en Valachie. Laissons-leur le temps de s'y reconnaître, et avouons entre nous, chrétiens, que les plus juifs ne viennent pas d'Israël.

UN CAMARADE DE COLLÉGE

Vous rappelez-vous ce petit camarade que nous avons tous eu au collége ? — Il était blond, frisé, gentil, et..... cancre, oh ! mais cancre comme on ne l'est pas.

C'était évidemment un externe libre.

Ses pantalons venaient du bon faiseur. Ses gilets étaient des rêves. Il portait tous les jours des bottes vernies et des gants. Il fumait des manilles à 15 centimes, et avait vu la dernière pièce du Palais-Royal.

Des bruits fantastiques circulaient sur sa fortune, qui devait être immense ; il avait 40 sous à dépenser par jour et un *Gradus* relié en maroquin avec son chiffre en lettres d'or !

Il était toujours le plus âgé de la classe et le dernier aux compositions, comme n'ayant pas composé.

Le dimanche, on le rencontrait parfois sur les bou-levards avec des jeunes gens *très chics* : il vous saluait d'un petit signe protecteur et l'on devenait rouge de plaisir.

Quand il daignait causer, on faisait cercle et on lui trouvait de l'esprit, parce qu'il récitait assez bien le scandale du jour.

Chacun se préparait à quelque chose : les uns à la polytechnique ou la normale, les autres à la marine, ceux-ci à Saint-Cyr, ceux-là au *bacho*, lui seul ne se préparait à rien : sa famille le *mettrait* dans la diplo-matie ; et on le voyait déjà ministre plénipotentiaire, ambassadeur extraordinaire, etc., etc.

Puis venaient les examens et l'on se dispersait en se faisant les uns aux autres le serment solennel de s'écrire.

Les années arrivent et les illusions partent. Malgré cela, le cœur vous bat encore si, campé devant Oaxaca, on lit au bas d'un article ou d'une plaidoirie un nom aimé autrefois ; ou si, au coin de son feu, en savourant le récit d'un fait d'armes, on y voit nommer un cama-rade de collége.

Il semble qu'on est coactionnaire de cette gloire. — « Un vieux de Charlemagne ! » dit-on. Et l'on se frotte les mains, puis on fait mentalement l'appel. A, est en Chine ; — B, en Afrique ; — C, à l'isthme de Suez ; — D, mort ; — E, secrétaire d'un minis-tre ; — F, mort ! Déjà tant de morts et l'on n'a que trente ans !

Puis, tout à coup, le souvenir de l'élégant X, se présente, on ne sait pourquoi, avec des favoris diplomatiques, un regard diplomatique, une mise, des décorations diplomatiques. — Bah ! il est attaché à quelque légation !

Un jour, entre la rue Le Peletier et le faubourg Montmartre on se jette le nez contre un monsieur :

— Tiens ! c'est toi ?

— Hé ! mon Dieu ! c'est..... chose ! Comment donc ? Ah ! sapristi, j'ai le nom sur le bout de la langue...

— X, oui. Ah çà ! on ne te voit nulle part. Je lis tes articles, mais je ne te rencontre jamais.

— C'est assez difficile, si tu protéges la France à l'étranger.

— Moi ! je ne protége rien du tout. Je n'ai pas quitté Paris, excepté pour aller l'été à Bougival. Mais je suis partout : à l'Alcazar, chez Peters, au café Riche, sur le boulevard... C'est étonnant que nous ne nous soyons jamais rencontrés.

— Dame ! cela tient peut-être à ce que je suis chez moi ou à mes affaires !

— Tu restes avec moi. — Nous allons dîner à un cabaret quelconque, et nous passerons la soirée à parler du vieux temps.

Vous avez à travailler, mais une fois n'est pas coutume, et vous donnez congé à la tête au profit du cœur. — Vous écrivez sur une feuille de votre calepin deux mots, que vous jetez à un commissionnaire pour avertir votre cuisinière qu'il y a relâche, et, dé-

gagé de tout souci, vous vous livrez aux douceurs de
l'amitié.

— Où allons-nous ? demande votre ami.

— Où tu voudras, ne change rien à tes habitudes.

— Tiens ! si tu veux, je vais te conduire dans un
petit endroit où je vais quelquefois m'encanailler et
qui est assez pittoresque. On n'y mange, ma foi, pas
mal.

Et vous êtes bientôt installé dans une de ces *popines*
de dixième ordre, comme il s'en trouvait sur la *via Lata*,
dans la Rome de la décadence.

Bah ! qu'importe ! le cœur rajeuni rajeunit l'estomac
et vous trouvez tout bon.

Entre les cuillerées de potage vous examinez la tête
de votre amphitryon qu'éclaire un bec de gaz.

Bien des cheveux ont déserté déjà, et malgré le soin

qu'il prend à emprunter, aux mèches latérales, un qui vaut dix sur le sommet du crâne, il ne dissimule qu'à moitié sa hâtive calvitie. A la racine des cheveux présents vous remarquez çà et là de singulières taches safranées.

L'œil, qui a été beau et limpide naguère, est maintenant strié de jaune, et la patte d'oie traîtresse commence à se dessiner ; le regard manque de fixité, et les paupières ont ce petit clignotement habituel aux natures inquiètes.

Le nez est pâle, mais les ailes sont rosées. La lèvre inférieure est sensuelle, et les armes de la mastication restant au râtelier ont perdu leur éclat d'autrefois.

Malgré tout, l'homme est encore beau et les mains sont splendides, bien que la présence d'une énorme chevalière n'indique pas chez leur propriétaire un goût bien épuré.

La mise est irréprochable comme coupe, mais les coudes du vêtement trahissent, par des taches siropeuses, des habitudes d'estaminet.

Le col et les manches de la chemise sont éblouissants ; mais, en regardant, vous vous apercevez que ce sont des *papelitos*, cette nouvelle invention qui permet de se passer de linge.

Vous cachez votre sourire et vous vous rappelez cette réponse mémorable du condamné à mort, auquel le gendarme disait :

— *Nous avons donc tué notre père ?*

— *Ah! mon bon gendarme, on n'est pas parfait !*

Mais l'illusion diplomatique est décidément à bas.

15

Non, avec la meilleure volonté du monde, impossible de l'accréditer auprès de S. M. Britannique, par exemple. Puis vous jetez un coup d'œil sur le public. Les hommes sont tous des exemplaires de l'édition que vous avez en face de vous. Quant aux femmes, l'inévitable filet avec trois ou quatre poignées de cheveux d'occasion tombant au milieu du dos, la robe de soie classique sans crinoline, traînant de six pouces à terre, avec un bord éraillé et maculé ; le visage chargé de couleurs, comme un portrait à 25 francs, ressemblance garantie, et, complétant le tout, l'organe d'un charretier enroué.

En passant le long des tables, elles échangent des bonjours et des poignées de main avec tout le monde, y compris notre ami, qui semble pourtant un peu embarrassé devant votre visage sérieux.

La conversation, qui a roulé tout le temps sur le passé, tomberait tout à coup, si vous n'aviez pas hâte de sortir de ce bouge et de fumer un cigare au grand air. Mais, à peine dehors, vous regardez à droite et à gauche pour voir si personne ne vous a vu, et vous croyez entendre les enfants crier, comme sur le passage du Dante :

— « *Voilà ! voilà ! celui qui revient de l'enfer !* »

Vous avez sur le cœur cette prétentieuse cuisine à la graisse anonyme qui déguise, au moyen d'un marinage suspect, le bœuf de la veille en filet de chevreuil et des limandes échauffées en soles au gratin, le tout arrosé d'un vin violet, que l'abolition de certains tarifs de douane a permis au campêche de combler de ses générosités.

— Boum! boum! boum! boum! dit tout à coup X. en frappant sur un commencement de ventre, j'ai bien dîné, et toi?

— Parfaitement.

— Si tu veux maintenant, nous allons prendre le moka à mon café.

— Comme tu voudras.

Aussitôt que vous êtes assis, le garçon apporte à votre ami une pipe culottée, signe qu'il est sur son terrain à lui. Les voisins font danser la dame de pique ou sauter le domino, et lui disent un de ces bonjours secs, qui ne s'échangent qu'entre connaissances de mauvais lieu.

La conversation reprend et vous parlez des amis d'autrefois. Vous constatez qu'il n'a pas la digestion indulgente. A chaque nom nouveau que vous prononcez, il a un claquement de langue :

— Tu sais, tout ça, ça n'est pas des hommes, des amis. Je les ai revus ; mais celui-ci est un imbécile; celui-là un poseur ; cet autre un égoïste ; que sais-je ! Et des histoires sur chacun d'eux.

Vous devenez gêné et vous vous dites :

—C'est peut-être son bon cœur qui l'a fait tomber là!

Puis, comme, en définitive, vous voudriez bien savoir quelle étiquette sociale porte votre ami :

— Que fais-tu, toi ? dites-vous tout à coup.

— Je suis dans les affaires.

Ce mot, si fortement employé de nos jours, dit tout et rien. M. de Rothschild est dans les affaires ; le marchand de chaînes de sûreté aussi, mais il y a quelques échelons entre les deux.

Alors vous attaquez la politique, la musique, le théâtre.

Son dilettantisme se borne au café-concert, et son éducation théâtrale s'arrête aux petits théâtres.

En politique, il n'a pas d'opinion.

— Décidément, dites-vous, il n'a pas fait de progrès, depuis que nous nous sommes quittés. |

— Dis-donc, X, s'écrie un monsieur d'une table voisine, travaillons-nous un peu ce soir ?

— Fais-tu le domino à quatre ? vous demande votre ami.

— Je ne joue jamais.

— Bah ! qu'est-ce que tu fais donc à ton café ?

— Je n'y vais pas !

— Allons donc ! vraiment ! mais tes soirées ?

— Je vais dans le monde, ou je travaille.

— Oh ! moi, je déteste le monde ; il me faut ma pipe et mon bock tous les soirs. Dis donc, chose, viens ici, un domino.

Ces messieurs s'attellent à une partie en cinq cents. Toute leur causerie se borne à des phrases toutes faites, qu'on doit trouver dans quelque catéchisme du dominotier, le tout égayé par des refrains chantés ou sifflés d'une manière distraite.

Comme la partie menace de vous mener loin, vous trouvez bien vite qu'il est onze heures. Vous laissez votre vieux camarade en l'invitant à dîner pour le surlendemain, et vous rentrez, en vous demandant si vous avez bien fait de renouveler connaissance.

Vous ne vous répondez pas, parce que vous êtes un homme de bon sens.

Cependant, une fois couché, vous réfléchissez aux causes étranges de cette déchéance physique et morale. Sous l'influence de quels réactifs sociaux, cette nature, qui semblait, sinon distinguée, du moins élégante, est-elle descendue à ce niveau moral? Dans quels rouleaux mystérieux du laminoir parisien a-t-elle été saisie? Évidemment vous ne pouvez, avant de le connaître mieux, l'introduire dans votre vie honorable et honorée ; le mettre en contact avec vos amis, et vous songez à la prévoyante Angléterre, de laquelle nous nous moquons si légèrement, et qui veut qu'avant d'ouvrir sa porte à quelqu'un, il vous soit présenté par une sorte de parrain répondant de lui.

— Ah bah ! vous écriez-vous, au surplus il ne sort pas du bagne et j'en serai quitte pour trois ou quatre louis : un dîner au café Anglais et un fauteuil à l'Opéra.

A l'heure et au jour convenus, vous trouvez votre homme exact au rendez-vous.

Ce que vous avez à souffrir pendant tout le temps du dîner est impossible à dire. Vous regrettez la *popine*. Il parle fort, critique tout haut les plats ; ressemelle des vieux mots ; crie *garçon!* les gens de la maison paraissent étonnés de ces façons inconnues dans l'établissement. Les dîneurs tournent de temps à autre la tête vers votre table avec un froncement de sourcils.

Au moment où vous allez sortir, entre un ami — un vieux de Charlemagne aussi. Il se dirige en souriant vers vous, mais, à la vue de votre compagnon, son visage s'assombrit ; il vous serre la main à la hâte, et

15.

c'est à peine s'il fait à l'autre un petit signe de tête en disant :

— Bonjour !

Ce dernier, un peu embarrassé, tend une main dans laquelle on laisse tomber l'aumône d'un doigt.

— Que faisons-nous ? dites-vous ; veux-tu venir à l'Opéra ?

— Non, je n'y tiens pas; tu sais, c'est aujourd'hui Casino, si tu veux, nous irons faire un tour.

— Va pour le Casino.

A peine entrés, ce sont des bonjours à chaque pas, et la soirée d'intimité se trouve délayée au milieu de cet océan équivoque. Vous remarquez qu'à chaque instant des dames, parmi lesquelles vous reconnaissez quelques-unes des dîneuses du *petit endroit pittoresque*, viennent lui parler à mi-voix. Des bribes de conversation que vous pouvez saisir vous concluez qu'il est au courant de tous les petits événements de leur vie, de leurs brouilles, de leurs cancans.

Au bout de quelque temps, sans savoir comment cela s'est fait, vous vous trouvez attablé avec un tas d'êtres appartenant à l'ordre composite social. Votre ami vous nomme et vous présente à chacun d'eux. Si vous avez un petit bout de réputation, les hommes pensent vous rendre honneur en vous tendant la main et en disant :

— Enchanté d'avoir fait votre connaissance.

Vous n'en dites pas autant, et vous vous souhaitez aux cinq cents diables.

Vous vous étonnez surtout d'une chose, c'est d'une

foule de rendez-vous pris avec ceux-ci et celles-là, pour
des niaiseries, ou des parties de plaisir.

— Ah ça, dites-vous à X, tu n'as donc rien à faire
que tu peux ainsi disposer de ton temps ?

— Oh! tu sais : dans les affaires, on est indépen
dant !

Enfin le désir de le devenir à votre tour vous empoi-
gne, et cela vous coûte une trentaine de francs de
consommation pour ces messieurs et ces dames.

Le lendemain, l'ami qui vous a rencontré avec X
vient vous voir.

— Ah ça ! quelle idée as-tu eue, mon cher, de t'aco-
quiner hier avec le sieur X ?

— Je l'ai retrouvé, il y a quelques jours. Nous ne
nous étions pas vus depuis la sortie du collége. Je le
croyais dans la diplomatie... Tu sais le premier mouvement.....

— Est toujours mauvais, oui !

— Mais enfin que fait-il ?

— Des affaires ; je ne sais pas où, par exemple. Mais
d'après ce que moi et quelques autres, qui y ont été pris
aussi, avons pu voir... c'est qu'il n'a pas de fortune et ne
fait rien. Il possède, paraît-il, dans quelque faubourg une
femme véritable, ainsi que des rejetons criant la faim et
dont il va rogner la maigre pitance, pendant les jours de
bise. Au reste peu gênant. Il viendra te voir quelquefois, mais si tu as l'esprit de lui prêter les premiers
cent francs qu'il te demandera, tu en seras débarrassé
à tout jamais !

Vous jurez de suivre le conseil.

— Mais que deviendra-t-il, le malheureux?

— Ah bah! ne t'inquiète pas, la Société a prévu le cas, et elle se charge toujours, un jour ou l'autre, du logement et de la nourriture de ces gaillards-là.

LES BOTTINES DE MADAME

VAUDEVILLE PARISIEN

I

Une chambre à coucher élégante. — Monsieur, devant la glace, met sa cravate, avec toute l'attention que nécessite une si grave opération. — Madame, enfouie dans un de ces petits fauteuils qu'on nomme *crapauds*, a son petit pied placé sur le genou de sa femme de chambre, qui tâche en ce moment de le faire entrer dans une petite bottine, plus petite encore que le pied.

MADAME. — Il faut réellement, Irma, que vous soyez d'une maladresse !

IRMA (*inondée de sueur, tirant et geignant.*) — Hum ! hum ! Ah ! madame, j'en ai les mains meurtries. Ces chaussures sont beaucoup trop étroites.

MADAME. — Vous ne savez ce que vous dites. C'est ma pointure ordinaire...

MONSIEUR (*s'approchant.*) — Tu veux entrer là-de-

dans ; mais c'est une bottine de première commu-
niante ! Il suffit de la regarder.

MADAME. — Mon ami, je t'en supplie, laisse-moi ; je
me connais... mon pied fond...

(*Monsieur s'agenouille ; il prend la tirette du haut,
Irma la tirette du bas, Madame s'arc-boute sur les
reins, roidit la jambe et pousse avec une vigueur
extraordinaire. — Crac ! les deux tirettes cassent ;
le pied de Madame bat dans le vide, pendant que
Monsieur va rouler à droite et la femme de chambre
à gauche.*)

MONSIEUR (*riant en se relevant.*) — Ah! chère amie,
à l'impossible nul n'est tenu, et je me souviens assez
de mes études pour me rappeler parfaitement que le
contenu ne peut être plus grand que le contenant.

IRMA. — Moi, madame, j'y renonce ; j'aime mieux
vous envoyer Jean.

MADAME (*furieuse.*) — Vous êtes une insolente ! Sor-
tez, je vous chasse ; que je ne vous retrouve plus ici en
rentrant.

IRMA. — Ah ! ma foi, j'aime mieux cela. (*Elle sort*).

II

(*Monsieur, regardant de côté ce que fait sa femme,
met ses boutons de manche et passe un gilet, pendant
qu'un duel à mort s'engage entre Madame... et ses
bottines... Au bout de cinq minutes, la bottine est
vaincue ; deux coups de talon à effondrer le parquet
font tourner la tête à Monsieur, qui aperçoit sa*

Madame, enfouie dans un de ces petits fauteuils nommés crapauds, a son petit pied posé sur le genou de sa femme de
chambre.....

(*Les Bottines de Madame.*)

femme debout, la figure éclairée comme celle d'un soldat qui vient d'enlever un drapeau ; elle lui jette un coup d'œil de défi et lui montre son pied en lui disant :)

MADAME. — Eh bien !

MONSIEUR (*la regardant.*) — Ma chère amie, chacun son goût ; mais tu me rappelles le pied de mon oncle le colonel : tu sais, ce magnifique pied, chef-d'œuvre de Charrière ; et encore, le pied de mon oncle est articulé, tandis que le tien...

MADAME. — Mon ami, vous ne savez ce que vous dites ; je suis parfaitement à l'aise, et quand la bottine sera brisée...

MONSIEUR. — Chère amie, il ne t'est pas possible de faire jouer le pied. Or, la nature nous a fait des articulations pour nous en servir. Regarde, du reste, les belles statues antiques : elles n'ont pas les pieds étroits que la civilisation... et la cordonnerie vous ont faits. L'orteil est séparé de ses compagnons... Vois la Vénus de... de... Comment dirai-je ?

MADAME. — De Milo, n'est-ce pas ? qui n'a ni pieds ni mains. L'exemple est heureux !

MONSIEUR. — Permets, je n'ai pas choisi celui-là... et puis, qu'est-ce qui dit que ce n'est pas une petite maîtresse qui les lui a cassés ?

MADAME. — Vous prenez, depuis quelque temps, avec moi, un ton gouailleur qui me déplaît souverainement.

MONSIEUR. — Ah ! mais, au surplus, chère amie, c'est votre affaire ; nous devons habiter ensemble, mais pas

16

les mêmes bottines, et si vous êtes gênée, cela vous regarde. N'en parlons plus.

(*Monsieur continue sa toilette. — Madame attaque la seconde bottine.*)

III

(*On gratte faiblement à la porte. — Madame n'entend rien.*)

MONSIEUR. — Qui est là ?

UNE VOIX D'ENFANT. — Coucou !

MONSIEUR. — Attends ! attends ! je vais le prendre, ce vilain coucou.

LA VOIX. — Miaou ! miaou !

MONSIEUR. — Tiens, c'est un chat, maintenant.

LA VOIX. — Hou ! hou !

MONSIEUR. — Non, c'est un chien.

(*Il ouvre brusquement la porte et enlève, dans ses bras, une ravissante petite fille de trois ans, bouclée, toute habillée de blanc. Il l'embrasse avec frénésie. L'enfant rit aux éclats, puis s'arrête tout à coup, et, posant son petit doigt sur sa bouche, indique du regard sa mère en faisant : « Chut ! » — Madame est au plus gros de l'opération. Ses lèvres sont crispées. Le pied est à moitié entré. — Monsieur pose à terre l'enfant, qui se glisse comme un petit serpent près du fauteuil de sa mère, et, tout à coup, saisit dans ses menottes le malheureux pied qui est presque entré dans la prison. Madame pousse un cri, envoie une tape à sa fille et la saisit par le bras. La figure de l'enfant est terrifiée ; de grosses larmes envahissent ses yeux, et elle éclate en sanglots.*)

MADAME. — Ah ! c'est ainsi ? Allez pleurer dehors, mademoiselle. (*Appelant.*) Marie, emmenez cette enfant !

(*Monsieur hausse les épaules, prend la petite sur ses bras et sort en tâchant de la consoler.*)

MADAME (*seule*). — Quelle maison !

(*Elle reprend sa bottine et recommence la lutte. — Quand Monsieur rentre, Madame est prête depuis longtemps; elle est en train de faire éclater sa troisième paire de gants. On descend. Un petit coupé est à la porte ; Madame monte et s'enfonce dans un coin. Monsieur se place à côté d'elle. On part.*)

IV

(*Pendant toute la route, Madame ne desserre pas les dents.*)

MONSIEUR. — Eh bien ! chère amie, il faudra s'arranger pour que tout soit terminé avant le départ pour la campagne.

MADAME. — Oh ! nous n'en sommes pas encore là.

MONSIEUR. — Mais alors, qu'allons-nous faire là-bas ? J'ai cru que nous y portions une réponse.

MADAME. — C'est vous qui m'avez entraînée. Je me laisse conduire.

MONSIEUR. — Pardon, chère amie, je ne suis que le beau-frère de Marguerite, et vous êtes sa sœur ; je ne puis, par conséquent, prendre de mon propre chef une décision.

MADAME. — C'est entendu, j'ai tort.

(*La voiture s'arrête, Monsieur saute et tend la main à sa femme, qui, de temps en temps, a des contractions de lèvres. En montant l'escalier, une légère claudication semble embarrasser sa marche. On entre. Un domestique annonce, et on pénètre dans un salon. Un vieux monsieur, une dame d'un certain âge s'avancent au-devant des visiteurs. Après les baisers et les poignées de main, on prend place et l'on cause de banalités. Madame devient de plus en plus sombre, surtout en apercevant le petit pied de son hôtesse jouant dans une babouche arabe qui ressemble à la pantoufle de Cendrillon.*)

LA VIEILLE DAME. — Et enfin, chère enfant, vous voulez bien confier le bonheur de votre ange à notre grand mauvais sujet.

MADAME. — Mon Dieu, madame, je suis dans une très grande perplexité (*la figure des hôtes s'allonge*) ; non pas que je ne fusse très heureuse de voir entrer ma sœur dans une famille aussi honorable (*les visages se rassérènent*), mais j'aurais quelques objections. (*Cherchant.*) D'abord, la profession de M. Henri.

LE VIEUX MONSIEUR. — Madame, un capitaine d'état-major n'est pas comme un officier de l'armée active, et sa nomination de chef d'escadrons ne peut tarder maintenant. Il sera probablement attaché à l'état-major d'une division et ne sera pas exposé à courir les quatre coins du monde comme un officier d'infanterie. De plus, bien que les armes lui offrent une brillante perspective, il pourra, s'il le veut, donner sa démission.

MADAME. — Certainement. (*Son œil ne quitte pas la babouche, qui semble devenir de plus en plus petite.*) Mais ce n'est pas seulement cela...

LA VIEILLE DAME (*un peu piquée*). — Mais quoi donc encore?

MADAME. — L'an dernier, M. Henri était engagé dans une liaison... On parle d'enfant...

LA VIEILLE DAME. — Mais c'est bien grave ce que vous affirmez là.

MADAME. — La personne qui m'a renseignée à ce sujet est un ami même de M. Henri, et vous comprenez qu'avant de donner une réponse définitive...

LA VIEILLE DAME (*se levant*). — Madame, la politesse m'oblige à accepter cette raison, puisque vous voulez bien me la donner; vous ne tarderez pas, j'espère, à reconnaître que vous avez été mal renseignée.

(*On se quitte cérémonieusement.*)

V

(*Monsieur, cette fois, est d'un grand sérieux. Il n'ouvre pas la bouche. Madame s'agite dans la voiture. On arrive. A une des fenêtres de la maison, on aperçoit une gracieuse jeune fille, qui semble attendre avec anxiété. Elle quitte brusquement la fenêtre. — Madame entre dans le boudoir et sa sœur Marguerite lui saute au cou.*)

16.

MADEMOISELLE MARGUERITE. — Eh bien ! petite sœur, c'est arrangé ?

MADAME. — Mais fais donc attention : tu me marches sur le pied. Non, rien n'est arrangé. Au contraire, je crois que c'est rompu.

MADEMOISELLE MARGUERITE (*tombant sur un fauteuil, pâle.*) — Ah ! que s'est-il donc passé ?

MADAME. — Ce mariage n'est pas ce qu'il te faut. Tu ne serais pas heureuse.

MADEMOISELLE MARGUERITE. — Alors je ne le serai jamais ! Mais, au moins, il me faut une raison.

MADAME. — Ma chère enfant, j'ai plus d'expérience que toi et tu me permettras, puisque je te sers de mère, d'être bon juge dans la question et de ne pas te donner d'explication. Ce mariage ne se fait pas, parce qu'il ne peut pas se faire.

MADEMOISELLE MARGUERITE. — Eh bien ! vous me permettrez aussi d'être juge de mon bonheur et vous ne trouverez pas étonnant que, ce soir même, je rentre au couvent jusqu'à ma majorité.

(*On remet une lettre à Monsieur. Pendant qu'il la lit, mademoiselle Marguerite sort. Madame a des agitations dans les pieds.*)

MONSIEUR. — Maintenant, ma chère amie, à nous deux. Je veux connaître le nom du calomniateur.

MADAME. — Est-ce que je me le rappelle !

MONSIEUR. — Tu me feras le plaisir de rassembler tes souvenirs. Henri, dans une lettre très pressante, exige qu'on le mette en présence de cet homme.

MADAME (*stupéfaite, cherche à se rappeler ; un*

éclair traverse ses yeux.). — Ah ! j'y suis ; c'est ce jeune Anglais poitrinaire, sir William Stock, qui est parti cet hiver, pour aller mourir à Corfou.

MONSIEUR (*prenant son chapeau et ses gants.*) — Quel bonheur ! Si William était mort, Henri aurait pu croire à un mensonge. Heureusement il est de re tour, et je l'ai vu hier au cercle. (*Il sort.*)

V I

MADAME (*sonne ; — une bonne se présente*). — Qu'on m'envoie la femme de chambre.

LA BONNE. — Madame a oublié que mademoiselle Irma est partie ce matin, aussitôt le départ de Madame.

MADAME. — C'est bien, laissez-moi.

(*Madame enlève ses bottines, met à la place de ravissantes petites mules et passe une robe de chambre. Ses sourcils ne sont plus froncés. Ses lèvres vermeilles ont perdu leur contraction, et son visage redevient charmant. Elle s'étend sur sa causeuse, jouant avec ses mules et faisant manœuvrer les articulations de son joli pied. Puis elle sonne, et une teinte de mélancolie se répand sur son visage.*)

MADAME. — Qu'on m'amène ma fille.

(*L'enfant entre, mais n'ose approcher de sa mère ; à chaque caresse qu'elle veut lui faire, la petite fille a un mouvement de crainte. Au bout de quelques minutes, Madame, après l'avoir embrassée tendrement, dit qu'on l'emmène. Puis, lorsqu'elle est seule, de grosses larmes viennent dans ses beaux yeux. Elle sonne de nouveau.*)

— Priez mademoiselle Marguerite de passer chez moi. Pauvre enfant !

(*Madame va à son secrétaire en bois de rose et griffonne un billet. Lorsqu'elle a fini, elle agite encore la sonnette et dit :*)

— Qu'on porte ce billet à son adresse.

(*Puis elle se frappe le front et s'écrie tout à coup :*)

— Mais si mon mari trouve sir William, que va-t-il se passer ? Ah ! mon Dieu ! mon Dieu ! qu'ai-je fait ?

(*Sa tête tombe entre ses mains, et elle se met à sangloter. La domestique rentre, dit que mademoiselle Marguerite est indisposée, et présente à Madame une carte.*)

MADAME. — Sir William Stock ! Tout est peut-être sauvé. Faites entrer.

SIR WILLIAM. — Madame, j'ai pris la liberté de vous apporter moi-même ma carte de convalescence.

(*Madame est d'une amabilité charmante et cause longtemps à voix basse avec le jeune Anglais, qui rit beaucoup. Puis, on annonce M. Henri.*)

MADAME. — Faites entrer, et priez mademoiselle Marguerite de descendre. Arrivez donc, mon cher Henri, et sans rancune ; tout cela était faux, vous êtes adorable et adoré par tout le monde.

(*Mademoiselle Marguerite arrive à son tour, tenant sa petite nièce à la main pour se donner une contenance, et, au bout d cinq minutes, le boudoir est plein de caquets et de rires.*)

VII

(Monsieur paraît et reste pétrifié sur le seuil. La petite fille vient sauter après ses jambes, Marguerite tend son front pur, Henri et William avancent la main, et Madame lui fait un sourire plein de tendresse.)

MONSIEUR. — Sir William, je sors de chez vous.

MADAME. — Mon ami, tout est arrangé; je n'avais rien compris, et il ne s'agissait pas d'Henri.

MONSIEUR. — Ah !

(Il s'avance près de sa femme, écarte un peu sa jupe, jette un coup d'œil sur ses mules, et tombe sur un fauteuil en éclatant de rire.)

MADAME *(rougissant.)* — Méchant, à quoi penses-tu ?

MONSIEUR. — Je pense que les femmes sont de petits anges, quand elles ne sont pas de petits diables. Chère amie, je veux te demander un service : c'est de placer sur l'étagère de ta chambre à coucher les bottines que tu avais ce matin ; à certains moments de la vie, nous les regarderons ensemble.

LA VOISINE DE CAMPAGNE

Vous la connaissez tous. Sa maison est située à une portée de fusil de la vôtre, sur un petit coteau, tout entourée d'arbres et baignée dans les rayons du soleil levant. Elle est simple, mais confortable ; la grille est modeste, mais élégante ; le sable de l'allée qui conduit au perron est doux aux pieds des chevaux et à ceux des piétons.

Elle n'a qu'une petite jument bien calme, qu'on attelle au coupé et qui, au besoin, sert au jardinier à conduire des légumes à la ville et à ramener du fumier pour le potager.

C'est un bonhomme, que ce jardinier ; — il est vieux, mais encore vert, et fait un bon ménage avec sa femme, qui garde la loge.

Quelquefois il quitte ses sabots et son rustique chapeau de paille pour endosser un costume qui n'est pas encore l'habit bourgeois, et n'est déjà plus la livrée : alors il monte sur le siége et conduit madame.

Avec une vieille cuisinière et une femme de chambre laide, c'est tout le domestique de la maison.

Ces gens ne sont pas bavards et semblent heureux de leur condition. A part le gros chien de garde, pas un animal : ni chats, ni perroquet, ni oiseaux.

Peu de visiteurs, et, n'était le son d'un piano qui vient frapper l'oreille du passant, on croirait que la maison n'est pas habitée.

Le dimanche matin, la voiture sort du petit cottage, tourne le coin de la rue et vient s'arrêter au pied de la colline ; le père Martin ouvre la portière ; madame descend et gravit lentement le sentier qui conduit à la petite église du village.

Sa toilette est de la plus grande simplicité. Son grand châle est merveilleusement drapé sur ce corps élancé qui ondule gracieusement. D'une main, elle tient son livre de prières, de l'autre elle relève sa robe jusqu'à l'attache du pied, dont la cambrure provoquante retient l'œil du passant. Son voile s'arrête à deux sourcils presque droits, indice de ténacité ; le regard se dissimule sous la frange des cils noirs ; les longues anglaises cherchent à répandre sur la physionomie une teinte de gravité que semble démentir un nez un peu retroussé ; la bouche est petite, mais les lèvres sont tellement minces que le découpé en est perdu ; le menton est net, ferme, et dénote presque de l'audace.

' Elle entre, prend l'eau bénite, se signe, s'incline profondément devant le Seigneur et s'avance hardiment vers un prie-Dieu ébène et satin violet, dont la plaque dorée porte ce nom : Madame d'Arbel.

En sortant, si quelqu'un la salue, on dirait que c'est furtivement. Elle ne va jamais dans le monde proprement dit ; mais vous l'avez vue, pour la première fois, dans une maison de bourgeois riches qui aiment voisiner à la campagne.

Elle n'est pas ce qu'on nomme belle, mais elle vous intrigue. Dans l'origine, elle parlait peu et paraissait attendre qu'on l'interrogeât. Elle n'a pas la trentaine et joue déjà la femme qui a abdiqué. Elle cause, effleurant tout, évitant avec soin l'analyse, de peur d'hérésie. Sa voix est bien timbrée ; sa phrase est ronde et sans boursouflure, et elle se soumet de bonne foi à la raison adverse, avec une docilité qui semble en contradiction avec la fermeté de son regard. Jamais elle ne parle de son mari. Est-elle veuve ou séparée ? Personne ne le sait. En fait d'hommes, son oncle seul vient la voir.

C'est un vieillard, grand, d'une robuste soixantaine ; ses favoris blancs lui donnent un air vénérable ; sa tenue et la rosette d'officier de la Légion d'honneur annoncent qu'il a dû occuper un rang élevé dans l'administration. Bien que l'endroit soit à cinq lieues de Paris, il vient en calèche à deux chevaux, sans armoiries, avec deux domestiques, en livrée à boutons de drap.

Ses visites ont lieu deux ou trois fois par mois, et

l'équipage ne stationne jamais plus de trois quarts d'heure au coin de la rue.

Pourquoi la voiture ne s'arrête-t-elle pas devant la porte ? Pourquoi madame d'Arbel n'accompagne-t-elle jamais cet oncle dont elle évite de prononcer le nom ?

Vous êtes de plus en plus intrigué.

— La connaissez-vous depuis longtemps ? dites-vous un jour à la dame chez laquelle vous la rencontrez.

— Depuis que nous avons construit ici.

— Je ne l'ai pas remarquée, au bal que vous avez donné cet hiver.

— Nous ne la connaissons pas assez pour la recevoir à Paris.

C'est une femme entretenue, vous dites-vous. Je verrai bien.

Le jour suivant, vous donnez à la conversation un tour léger, qu'elle écoute avec une réserve qui frise la froideur. Vous annoncez que vous allez à Paris pour affaires. Elle prie le fils de la maison, gros garçon sans malice, de venir prendre des coupons de juillet et de profiter de votre voyage pour aller les toucher à leurs compagnies respectives. En revenant avec vous, le jeune homme vous dit qu'il rapporte dix mille francs de dividendes.

Elle a quelque fortune ; ce n'est donc pas une femme entretenue. Décidément, j'étais stupide. Cette femme est belle, distinguée, juste assez spirituelle pour être toujours femme ; par son oncle, elle paraît être de bonne maison.

— Heureux celui qui remplacera dans son cœur

M. d'Arbel, si tant il est que jamais M. d'Arbel ait
habité ce paradis !

A la campagne, une idylle à deux avec une créature
pareille ! Arrêtez-vous : si vous avez vingt ans et que
vous ne portiez pas un nom connu, renoncez à cette
folie ; si vous descendez d'une race illustre, ou que vous
ayez conquis dans les arts, la diplomatie ou les armes,
une position notable, essayez.

Vous serez compris dans une invitation générale,
mais on prendra votre bras pour le jardin ou la promenade ; on parlera de l'isolement auquel est condam-
née une femme jeune et veuve, de la réserve qu'exige
sa position : le mort aura eu toutes les vertus, excepté
celle de la jeunesse.

En huit jours, vous serez amoureux à lier, et vous
ne perdrez plus de vue la petite maison cachée dans les
grands arbres.

Une fois, vous apercevrez un grand gaillard assez
piètrement équipé, qui, la moustache en crocs et le
chapeau incliné sur l'oreille, sonnera à la grille.
La mère Martin viendra pour voir quel est le visi-
teur.

Elle échangera quelques mots avec lui, n'ouvrira
pas et se dirigera vers l'habitation. Elle reviendra, cau-
sera encore quelques secondes avec l'individu, qui s'é-
loignera, en jurant et en marchant d'un pas délibéré
vers le village.

Suivez-le ; il entrera à l'auberge, demandera un verre
d'absinthe, du papier à lettre, une plume et de l'encre,
griffonnera deux mots, en fumant une pipe, et remet-

tra à la fille sa missive, écrite sur un papier de cabaret et sentant le tabac.

Au bout d'un quart d'heure, la fille reviendra avec une lettre sous une élégante enveloppe.

L'homme la décachettera et la lira en souriant et en précipitant ses bouffées. Alors il sortira quelques pièces de la poche de son gilet, les comptera, redemandera un verre d'absinthe, puis soldera la dépense et sortira, la pipe à la bouche.

Vous le perdrez de vue.

A la tombée de la nuit, vous verrez sortir le père Martin, allant probablement faire une commission. Un instant après, la femme courra sur ses traces. Pendant ce temps, une ombre, que vous croirez reconnaître, poussera la grille, qui n'est pas fermée, et se glissera dans la maison.

Vous remarquerez, pendant une partie de la nuit, de la lumière dans le petit salon-kiosque du fond du jardin.

Le lendemain matin, de bonne heure, retournez à l'auberge en costume négligé, — l'homme sera là avec sa pipe, attablé devant une bouteille de vin blanc, vous demandera l'heure du départ du train ; donnez-lui à peine le temps : il demandera la note et présentera un billet de 5oo fr. Puis, il bourrera sa pipe, tirera de sa poche de côté la petite enveloppe de la veille, en déchirera un morceau, allumera le tabac et, en s'en allant, froissera peut-être la lettre avant de la jeter sur la route.

Ramassez-la : l'enveloppe seule est aristocratique ; le papier est celui du cabaret. Vous lisez :

« Ton portier fait des façons. Je ne veux pas faire
d'esclandre; mais je connais la position. Avant d'em-
mener le comte, que le médecin envoyait aux îles
d'Hyères, faire un petit voyage de plaisir en Norvége,
tu savais bien qu'il avait arrangé ses affaires. Ainsi, pas
de manières, Fanny, ou je me fâche. »

En travers, d'une petite écriture fine :
« A neuf heures, le jardinier sera sorti, la concierge
courra après lui ; il n'y aura qu'à pousser la grille et,
dans le kiosque, il faudra attendre. Tu es bien toujours
le même ! Je n'ai pas peur, mais que veux-tu ? »

Une jolie place à prendre entre le vieillard à l'équipage et l'homme à la pipe !

LE RÊVE DU TONNELIER

—

Ils sont tous les mêmes! Paris! Paris!

Voilà leur rêve, depuis le moment où ils s'éveillent, jusqu'à… parbleu! jusqu'au moment où ils s'éveillent! C'est leur idée fixe : quand ils n'en parlent pas, ils en rêvent.

Les malheureux! Savent-ils ce que c'est? Se doutent-ils seulement qu'il y a une ville au monde où vingt idées se ruent à la même minute sur le même capital, où l'homme a la fièvre constante ?

Ils n'y ont vu que le plaisir effréné, — mais ils n'ont pas songé que le travail l'est aussi. Ils ne se sont pas dit que ce qui leur donnerait là-bas l'aisance, la joie, le bonheur, ferait la misère d'ici.

Qu'ils demandent au Parisien dans les affaires ce que lui a donné son dernier inventaire! Ils le verront pâlir et répondre, en rougissant :

— J'ai vécu, mais je ne sais où j'en suis. — à la grâce de Dieu !

Hier, on tenait le haut du pavé, — on allait aux premières, — on avait maison de campagne et coupé à l'année.

Aujourd'hui on passe à côté de ses amis de la veille, heureux de ne pas être reconnu. Quant à la vie qu'on mène, allez en demander les secrets à quelque bouge des faubourgs.

Paris : — c'est l'image de la terre — un immense ossuaire. — La fortune d'aujourd'hui est construite sur le cadavre des fortunes passées et formera l'engrais de la fortune de demain !

Et tous, les naïfs, les enfants, ils ne songent qu'à une chose, au moyen d'y venir.

Les garçons passent leur vie, devant la gare, à regarder partir les trains, emportant tous ceux qui vont se fondre dans le creuset infernal.

Les filles voient les aventures étranges... avec le mariage au bout. Ces bals, dont leur parlent les journaux, elles les croient composés de fils de banquiers et de sénateurs, qui viennent briser là le prosaïsme de la vie et y chercher des amours platoniques, que leurs pères se décideront à bénir plus tard.

Elles ne savent pas, les pauvrettes, que ces endroits qu'on nomme Mabille, Casino, etc., sont des lieux ou le sentiment est coté comme une valeur ; que c'est la Bourse de l'Amour et pas autre chose; qu'on y rencontre tout simplement des femmes en commandite, et qu'aujourd'hui les habitués de ces mauvais lieux, quand il sont riches, peuvent tout au plus acheter une part dans le cœur de ces demoiselles.

Et pourtant est-il assez heureux, le provincial !

Je passe trois mois de l'année à Ch... sur...S... Au-dessous de moi demeure un tonnelier.

C'est un brave homme, qui aime sa femme et ses trois

enfants. Il a le nez peut-être un peu rouge... mais nous sommes en Bourgogne, et être autrement donne-rait mauvaise réputation dans le pays.

Le matin, à cinq heures, j'entends son pan ! pan ! joyeux qui me réveille. — Cela dure une heure. Pen-dant ce temps, je me lève, m'habille, fais mon cour-rier, puis j'ouvre ma fenêtre.

Dès qu'il m'aperçoit :

— Bonjour, voisin. Descendez donc voir un peu, il y a quelque chose pour vous.

J'arrive :

— Il y a un brouillard ce matin et faut le rabattre; — je vais en chercher une vieille, là-bas, du pays de la femme, — un petit pouilly, qui sent sa pierre à fusil et qui tue le ver, je ne vous dis que ça !

Il faut céder. — La bouteille et les verres sont placés sur une futaille. On bourre une pipe.

Un voisin passe.

— Père Michel, allons-y !

Le père Michel arrive, — puis un second, — puis un troisième.

— Ah! çà, causez-nous donc Paris, voisin.

Et pour la centième fois le Parisien dit ce qu'il doit dire :

— Casse-cou! casse-cou !

On l'écoute, et la conclusion est toujours celle-ci :

— Y a Pierre pourtant, du bourg d'en haut, qui a un cousin qui y est allé, et, dame ! il est revenu avec de quoi !

Vous avez beau dire : Et tous ceux qui ne sont pas revenus? — On répond à tout : Oui, mais *y a Pierre*, du bourg d'en haut, etc., etc.

Huit heures sonnent, on se sauve; l'escalier de bois crie :

— P'pa, le café est prêt.

A neuf heures, mon tonnelier redescend. Il allume sa pipe et le pan! pan! recommence.

Le tambour de ville fait retentir ses *ra* et ses *fla*.

Toutes les portes s'ouvrent et l'on écoute l'annonce.

Puis, quand c'est fini, on quitte le seuil. Un rassemblement se forme et l'on discute l'événement.

On rentre. Pan! pan! pan!

Un chien passe, une voiture.

Il faut voir ce que c'est, et midi arrive :

— P'pa, à table!

En province, après le repas, il n'y a que les gens riches qui prennent le café. Le café est chose aristocratique et la femme du travailleur vous répond que ce n'est pas de sa classe. Les fêtes carillonnées seules, on ose se risquer.

Le café revient à deux sous la tasse.

Aussi, après le dîner, pendant lequel on a bu de la piquette, on va boire *une demie* et faire sa partie.

Qu'est-ce qu'*une demie* ?

C'est deux ou trois bouteilles de vin.

A deux heures et demie, trois heures, on rentre.

Pan ! pan! pan !

A quatre heures, on mange un morceau de fromage sur le pouce.

Puis on reprend jusqu'à sept heures, dans les beaux jours, tout en regardant de temps en temps dans la rue et en causant avec Pierre, Paul et Jacques.

Puis l'escalier recrie :

— P'pa, souper !

Après le souper, on fait un tour, et l'on se couche.

Mon tonnelier travaille en moyenne cinq heures dans sa journée.

Il vit bien et a du vin en cave.

Sa maison, il l'a achetée. Sa femme est proprette et à une robe de soie pour les grands jours. Ses enfants se portent bien, et, quand le gas aura dix ans, le père veut l'envoyer au collége de Dijon.

Il a une vigne, et les commères prétendent qu'il y a des valeurs dans le bas de la grande armoire.

Eh bien ! mon tonnelier est le type du travailleur de la petite ville.

Mais il n'est pas heureux !

Il voudrait quitter tout et venir à Paris.

Son rêve est d'être ouvrier tonnelier à l'année chez un *gros* marchand de vin de Bercy

O province ! naïve province !

PAS ASSEZ RICHE POUR PAYER SA GLOIRE

Le 18 de ce mois, la fille Mina Hitz comparaissait devant la Cour d'assises de la Seine sous la triple accusation :

« 1° D'avoir, en 1865, 1866 et 1867, à Paris, soustrait frauduleusement de la dentelle au préjudice de la princesse W..., dont elle était domestique ;

« 2° D'avoir, à la même époque et aux mêmes lieux, détourné, à diverses reprises, au préjudice de la princesse W..., dont elle était la domestique, des sommes d'argent qui ne lui avaient été remises qu'à titre de mandat, à la charge de les rendre ou de les représenter ;

« 3° D'avoir, depuis moins de trois ans, antérieurement aux premières poursuites à Paris, contrevenu à un arrêté administratif du 8 mars 1861, notifié le

7 mai 1861, qui ordonne son expulsion du territoire
français ;

« Crimes et contraventions connexes prévus par les
art. 386 et 408 du Code pénal et 8 de la loi du 11 dé-
cembre 1849 ; »

Eloquemment défendue par un jeune avocat qui faisait ses premières armes en assises, Mina Hitz a été ac-
quitée sur le chef de vol et de détournement et, con-
damnée, pour avoir contrevenu à l'arrêt d'expulsion
de 1861, à six mois d'emprisonnement.

Ce procès est venu révéler un des côtés les plus
piquants des mœurs contemporaines.

Cette princesse W..., qui est fille du feu maréchal P...,
alliée des Labanoff, des Korsakow, des Pourakine,
tient sa maison sur un grand pied. Son domestique se
compose de cinq personnes : un cocher, un groom, un
valet de chambre, une femme de chambre et une
cuisinière. La dernière était cette Mina qu'on jugeait
le 13.

Or, on est princesse ou on ne l'est pas ; lorsqu'on
est princesse, il faut tenir état de princesse, et c'est ce
que faisait madame W... Cependant, comme en toute
chose il faut de l'économie, la fille Mina était chargée
de nourrir toute la maisonnée, maîtresse et valetaille,
moyennant la modique somme de DIX FRANCS par jour,
— ni plus, ni moins.

Six bouches pour *dix francs* — c'est roide !

Cependant, en se privant !...

Mais la princesse ne veut pas se priver ; elle aime
que la table lui parle de la patrie absente, et que des

18

plats préparés à la russe lui rappellent les bords de la Newa.

En outre, avant de se coucher, elle est heureuse de grignotter quelques macarons ; puis il y a le rhum..., Tout cela doit être compris dans les dix francs.

Mina pleure, elle raconte au tribunal ses luttes terribles, — son combat perpétuel contre ce budget, — ses prodiges de combinaisons. Apaisant un fournisseur avec l'argent destiné à l'autre ; puis, faisant comme les États qui perdent la tête, inventant des motifs pour négocier des emprunts et précipitant dans le gouffre de malheureux à-compte qui ne servent à rien qu'à révéler l'horrible profondeur de l'abîme !

— Je ne puis vous citer qu'un exemple, s'écria-t-elle : « La princesse ne voulait pas qu'on dépensât plus de « *vingt-cinq* centimes pour sa crème. Cette crème me « coûtait *quarante* centimes par jour ! Où aurais-je « pris les *quinze* centimes de différence ? »

Les virements, Mina, les virements !

Mais, non ! Ce qui a perdu Mina, c'est ce qui perd tous les gens au pouvoir, — le désir de s'y maintenir contre vents et marées.

D'après la Constitution, Mina était responsable ; — non que je blâme cette responsabilité, au contraire, — mais elle n'en a pas eu conscience.

Elle aurait dû aller franchement, dignement, trouver la princesse, et lui dire:

« Lorsque l'honnête femme est placée entre l'impossibilité d'accomplir son mandat ou la nécessité de tromper son mandant, elle n'a qu'une ressource : la retraite. J'ai l'honneur de résigner mes fonctions et de remettre mon tablier entre les augustes mains de V. A., en la priant de le confier à une plus habile. »

Au lieu de cela, elle est restée, espérant conjurer l'orage, attendant... qui ? quoi ? ce terrible : *Je ne sais pas*, qu'attendent tous ceux *quos vult perdere Jupiter !*

Pendant ce temps, le déficit — l'horrible déficit aux dents aiguës — rongeait, par la base, l'édifice de son pouvoir, et, crac ! à un moment donné, tout s'écroula, entraînant l'imprudente dans sa chute.

Triste exemple, bien propre à faire méditer tous ceux qui tiennent la queue d'une poêle ! Que voulez-vous ? C'est la maladie du siècle : il faut briller, tenir état de maison, éblouir le prochain des rayons de sa splendeur. Tout le monde est pris de ce vertige — les États comme les princesses, les princesses comme les bourgeoises, les bourgeoises comme les marchandes.

Nous sommes assez riches pour payer notre gloire ! Tous ! tous ! Depuis le commis en nouveautés, qui va prendre son mazagran au café Riche en sortant de la crèmerie, où il a dîné avec *trois de riz au lait*, jusqu'aux souverains, qui éblouissent les ambassadeurs de leurs voisins et qui n'ont pas seulement les moyens de faire balayer les ruelles immondes des faubourgs de leurs capitales !

Quelle situation pour l'homme *sensible*, comme disaient nos grands-pères !

C'est à fourrer dans sa poche, lorsqu'on dîne en ville, un morceau de rôti et à l'offrir au domestique qui

vous l'a servi ; c'est à ne pouvoir accepter de la maîtresse de la maison un nuage de crème dans son thé,
sans s'être enquis, au préalable, du prix courant et de la
somme allouée *ad hoc* à la cuisinière.

Je ne m'étonne plus de l'espèce de haine qui suit
toujours, chez les peuples, les fêtes amicales que se
donnent leurs souverains. Effet inévitable des *agapes
fraternelles* auxquelles se sont livrés ces chefs sous
prétexte d'expositions, de mariages, de noces d'or, etc.

Parbleu ! eux aussi sont assez riches pour payer
leur gloire ! Les malheureux ! ils ont tenu état de
maison un jour et se serreront le ventre au moins
pendant un an.

Et les *Minas* politiques, que deviendront-elles, si,
comme la malheureuse cuisinière de la princesse,
elles ont eu l'imprudence d'accepter la responsabilité
avec un budget voté à l'avance ?

Ah ! comme elles doivent nous envier notre Constitution impériale, et que ne donneraient-elles pas pour
pouvoir s'écrier comme M. Rouher avait droit de le
faire :

« Vous avez calculé la crème à 25 cent., mais comme
elle en coûte 40, c'est 15 cent. que vous me redevez.
Je ne suis pas responsable ! »

Aussi voyez comme, du petit au grand, la tactique
est toujours la même.

Certaines maisons, les jours de *gala*, louent des
domestiques d'extra. Ils sont gras, luisants, de superbe
pelage, et l'œil du convive se repose avec complaisance

sur ces beaux échantillons du confortable qui règne
chez l'hôte.

Les vrais domestiques sont consignés à l'office et ont
défense de se montrer, — leur mine hâve et décharnée
compromettrait la réputation du maître.

Pour les nations, c'est à peu près la même chose.
Lorsque le souverain ou le représentant de la nation
amie est reçu avec fracas quelque part, soyez certain
que ce n'est jamais à la tête des instituteurs ou des
petis fonctionnaires qu'on ira à sa rencontre.

On aligne, ce jour-là, les états-majors les plus gras
et les plus brillants.

O vous, indiscrets, mes frères, vous qui voulez toujours connaître l'envers des étoffes, les revers des mé-
dailles, lorsque vous allez dîner en ville, ne vous
attachez pas au service de la table, à la splendeur du
service, à la toilette de l'hôtesse ; jetez un coup d'œil
furtif dans l'office et examinez les gens de la maison.

Lorsque vous arrivez dans une ville, avant de pousser des cris d'admiration devant l'éternel boulevard
qui mène à la gare, faites-vous indiquer les quartiers
qu'habitent les gens de petite valeur.

Lorsque vous assistez hors de votre pays à quelque
grande solennité, dans laquelle le gouvernement a dé-
ployé tous ses oripeaux, avant de prononcer un jugement, allez visiter les écoles et les endroits où les petits
fonctionnaires brassent la besogne publique.

Alors, si la cuisinière à un bonnet coquet et chante
en tournant sa sauce, si les maisons des faubourgs
sont propres et bien aérées, si le maître d'école est

18.

honorablement vêtu, de figure joyeuse et de belle en-
colure, si le petit fonctionnaire est aimable et souriant,
en vous donnant un renseignement, — indiscrets, mes
frères, vous pouvez prendre votre calepin et écrire
hardiment :

*« Ces gens-là sont réellement assez riches pour
payer leur gloire. »*

III

PORTRAITS ET PAYSAGES

PARISIENS

. . . . . Ce n'est pas toute cette godaillerie qui passe qui l'empêchera de grandir.

(Le Retour des courses.)

EL DOURO

IER, en quittant l'Exposition, mon ami Ismaïl-ben-Abdallah me pria de mettre sous enveloppe et de jeter à la poste, après avoir écrit l'adresse dans les deux langues, une lettre qu'il envoyait à son ami Mohammed-ben-Mustapha.

J'eus la curiosité de la lire, et je l'ai crue assez intéressante pour en faire une traduction. Abdallah ne sait pas le français, il ne saura donc pas que j'ai abusé de sa confiance.

« *Ismaïl-ben-Abdallah, celui qui garde les droma-daires du Vice-Roi, au juste, à celui qui peut regarder en face le tombeau du Prophète, au sage Mohammed-ben-Mustapha, celui qui mène paître les ânes des Beni-Hassan, le salut !*

« Avant de t'écrire, j'ai voulu voir et comprendre. J'ai

vu et je commence à comprendre assez pour que mes
impressions puissent servir à l'enseignement des nôtres. Lorsque tu recevras mes lettres, réunis dans ta
tente tes parents, tes amis et tes serviteurs, et lis à
haute voix, afin que tous profitent de ce que voit l'absent.

« On te parlera de la beauté de la ville; moi, je n'y
connais rien. — Ils disent que les voies sont larges et
belles; pour leurs poitrines, c'est peut-être suffisant,
mais, à nous, fils de la plaine, il faut plus d'air, et j'y
meurs étouffé.

« Ce qui fait la beauté d'une ville chez les Roumis,
c'est la plus ou moins grande somme de pierres tra-
vaillées entassées les unes sur les autres; mais tout cela
se ressemble, et, quand on se trouve au commencement
d'une de leurs longues rues, l'uniformité des maisons
casse l'œil et rompt les jambes; elles sont sèches et pou-
dreuses, ces routes qui sillonnent Paris, lorsque le soleil
les regarde, ce qui est rare.

« De temps en temps, on rencontre de petits oasis
qu'ils appellent *squares*, où de pauvres et maigres ar-
brisseaux étalent une ombre maladive; il y a de l'herbe,
mais on ne peut s'y étendre.

« Quand la pluie tombe, la boue est tellement épaisse
et profonde que cette ville fait l'effet d'une belle et
grande femme qui aurait les pieds sales.

« Chaque fois qu'ils ont un grand événement dans la
vie de la nation, ils font ce qu'ils appellent un monu-
ment : c'est un temple, une statue ou une colonne.

« Tu sais combien il y a de partis chez eux! Chaque

fois qu'un de ces partis triomphe, il élève un monu-
ment à sa victoire, en sorte que le sage ne peut s'empêcher de rire, en repassant les origines de toutes ces
contradictions en pierre ou en bronze.

« Ainsi, il y a soixante-dix-huit ans, il y avait, sur une
de leurs places, un fort qui servait de prison, et qu'on
nommait la Bastille ; ils l'ont démoli et, à cet endroit,
ils ont placé une colonne d'airain, consacrée à la Liberté ; ils sont fiers de vous la montrer. On remonte
une des rues qui aboutissent à cette colonne, et l'on arrive à une autre prison, deux fois plus grande que
celle qui n'est plus. Mais cela ne s'appelle plus Bastille : cela se nomme Mazas.

« Tout le caractère du peuple franc est là-dedans.

« Si j'avais su parler leur langue, je leur aurais dit
comment on greffe la rose aux mille feuilles sur l'é-
glantier.

« Quand on a fait la bouture, il faut surveiller la
plante ; un jour la fleur pâlit et se dessèche ; on se demande pourquoi ? C'est qu'à quelques pas de là une
petite églantine a poussé à fleur de terre et absorbe la
séve réservée à la rose. Il faut couper l'églantine, sous
peine de voir mourir la rose ! La rose de leur liberté
est morte depuis longtemps !

« Te parlerai-je des détails ? Non, pas aujourd'hui ;
mais je te dirai le caractère général de la ville.

« On se figure que c'est le souverain qui règne. Oui,
mais ce souverain, est-ce Napoléon ? Non, c'est *el
douro, la pièce de cinq francs*, comme ils l'appellent.

« Là, l'homme se lève, vit, marche, travaille et se cou-

19

che, avec la pensée du *douro*. *Mercanti ! mercanti !*
tous *mercanti !* Tu connais les juifs qui viennent dans
nos *douars* : ils sont fins et rusés; eh bien ! un *mercanti roumi* vaut dix juifs.

« La parole chez eux n'a aucune valeur; — le serment

sur les cinq plaies de leur grand prophète Aïssé les fait
sourire de pitié, et l'homme n'est croyable que lorsqu'il
a écrit sa promesse.

« Bien! diras-tu. C'est une précaution, parce qu'il peut
se trouver un de ses esprits maudits qui ne croient pas
au jugement et, s'il n'a pas peur du Dieu terrible, il
peut avoir peur du blâme de ses frères.

« Non, là n'est pas le motif, car alors le premier blâme suffirait. Il y a un papier exprès pour les promesses auxquelles on croit; son prix varie selon la grosseur de la promesse. Ce papier porte à un des coins une femme assise qui tient une balance.

« Ainsi, le *Roumi* t'a promis quelque chose, il te manque de parole : tu réclames auprès du *Cadi* : on te demande si tu as un papier.—Non.—Alors va-t'en, tu as tort !

« Il n'y a pas, vers les sources du Niger, de fils de Cham, au crâne aplati, qui n'adore moins platement son fétiche que le Roumi n'adore *el douro*.

« Quel est cet homme, petit, chauve, sans dignité dans le maintien, sans luxe dans ses vêtements ?

« Les hommes qui le rencontrent lui donnent le *salam* plus respectueusement que nous ne le donnerions au padischah lui-même.

« Tu te retournes et tu demandes : est-ce un marabout vénéré ? est-ce un thaleb qui a fait une découverte pour le bien des hommes ?

« On sourit en répondant :

« — Si ce n'était que cela !

« — Eh quoi! serait-ce un des sages du grand conseil ? un scheik illustre qui a bien servi le sultan des Francs ?

« — Non. C'est un homme qui peut dépenser cinq cents douros par jour.

« — Cinq cents douros par jour ! Comment dépenser une pareille somme? me diras-tu.

« Au premier abord, tu auras raison. La nature elle-même a borné l'homme. Quand le plus vigoureux des estomacs absorberait la nourriture de plusieurs êtres, il arriverait toujours un moment où il rejetterait ce qu'il ne pourrait contenir. Quelle que puisse être la rage amoureuse, il y a toujours un instant où la bête soûle de luxure tombe anéantie.

« On ne peut porter qu'un vêtement à la fois ; on ne peut monter qu'un seul cheval ; on ne peut être en même temps dans deux gourbis ou sous deux tentes. L'heure de la satiété sonne toujours : besoins, plaisirs, désirs, jouissances, aspirations, rêves, folies, une fois largement satisfaits, crient : *Assez!* et, sous peine de mort, il faut que l'homme les écoute. A quoi donc sert le surplus ?

« Oui, tu as raison. Quand le lion s'est jeté sur un bœuf et qu'il a mangé à sa faim, — il s'en va et laisse sa place au chacal, qui, de loin, l'a regardé avec envie.

« Oui ! mais l'homme n'est pas ainsi.

« Quand, après s'être gorgé de tout, le Roumi n'est pas parvenu à dépenser ses douros à la fin de la journée, il pourrait, avant de s'endormir, faire venir à sa porte les pauvres de la tribu, et leur dire :

« — Tenez, j'en ai trop, prenez : ceci est pour vous.

« Mais non, il garde et il désire toujours : entasser douros sur douros, c'est le rêve de la vie.

« La loi ne leur permet qu'une femme légitime ; mais ils peuvent avoir autant de concubines qu'il leur plaît, seulement pas sous leur toît.

« Chez nous, le harem est le lieu sacré où aucun homme, excepté le maître, ne doit pénétrer ; nos femmes sont voilées lorsqu'elles sortent, et le prophète a été sage en ordonnant cela.

« Il a voulu éviter les tentations; aussi est-il rare chez nous de voir quelqu'un souiller la couche de son ami ; — on n'y songe pas.

« Eux, non-seulement, laissent leurs femmes, le visage découvert, se mêler à la compagnie des hommes, mais ils leurs disent ceci :

— Fais-toi belle le plus que tu pourras ; découvre tes beautés juste assez pour exciter le désir, habitue-toi à marcher, calme et sans rougir, sous le regard enflammé des hommes ; excite, allume, entraîne, fais naître les passions les plus ardentes, mais n'en satisfais aucune : là seulement est la vertu. Le Roumi fait bien de ne pas vivre sous la tente ! Si, par une belle nuit, le vent venait à souffler sur la tribu et enlevait les tentes, combien verrait-on de gens qui ne seraient pas couchés à leur place !

« Je voudrais te dire encore bien des choses, mais il faut finir : les lumières s'éteignent dans le grand caravansérail de Champ-de-Mars. Depuis les fils d'Ismaïl jusqu'au Chinois au nez aplati, depuis le Groenlandais couvert de fourrures jusqu'au Cafre qui couche sur la terre nue, chacun invoque son Dieu et s'endort. Je vais faire comme tous.

« Au loin, dans la nuit, on entend un bourdonnement immense qui s'élève du centre de la ville : c'est le Roumi franc, qui ne dort jamais, qui joue, qui boit, qui mange, qui caresse les bayadères, qui fête comme il le peut son dieu à lui : Sidi-el-Douro. »

19.

« Bientôt je l'écrirai. Maintenant adieu. Que la droite de Dieu t'étende sur toi et les tiens, et vous protége. Allah ! Dieu est grand. »

« Ismaïl. »

THOMAS L'OURS

Tout le monde connaît le fameux groupe de Frémyet : l'Ours et le Gladiateur.

Un monstre tenant à bras-le-corps un hercule et l'étouffant, malgré le glaive planté dans sa gorge.

Un homme et un ours ont posé, dans cette attitude, devant le sculpteur.

Le nom de l'ours restera probablement toujours ignoré ; celui de l'homme est *Thomas Bokowski*.

Parfois, en passant sur les boulevards ou sur les quais, on entendait à côté de soi une voix qui, grâce à la sourdine qu'y mettait son propriétaire, ne ressemblait qu'au roulement d'un tombereau, et qui vous disait :

— Bonjour, monsieur *un tel ;* ça va bien ? Vous n'auriez pas un vieux sou rouillé, qui s'empète dans votre poche, ou une pipe de tabac, à me prêter ?

Vous vous retourniez en souriant ; c'était Thomas.

Les bourgeois frissonnaient, les femmes devenaient blêmes, et tous ceux qui ne le connaissaient pas regardaient avec une curiosité mêlée de terreur cette espèce de Milon, haut de cinq pieds onze pouces, ayant pour coiffure un chapeau gras et roussâtre ; pour vêtement, une redingote trop courte, aux entournures hurlantes, et dont les boutonnières n'atteignaient leurs compagnons qu'au moyen de brandebourgs en ficelles, la poitrine du locataire présentant une envergure de plus de deux pieds ; par contre, le pantalon, qui se contentait d'aspirer aux chevilles, était trop large de ceinture et ne tenait aux flancs que parce qu'il était accroché au deuxième bouton de la bretelle gauche.

Pour socle à cette statue de la misère, de vieilles chaussures sans quartier, munies de larges vasistas, au travers desquels les orteils passaient indiscrètement la tête.

De chemise et de chaussettes, il n'en a jamais été question.

Entre le chapeau roux et le col grassouillet du vêtement, une face de Kalmouck. Les cheveux ras ; le crâne plat au sommet, refoulant les aptitudes vers l'occiput, siége des instincts bestiaux ; sous ce front bas, deux yeux de faucon brillant à travers deux bouquets de poils roux et faisant l'effet de deux mousquets braqués au milieu de broussailles ; le nez épaté de la race slave ; puis un troisième buisson roux, formant moustache et bordant un précipice : la bouche.

Cette bouche était un tour de force de la nature.

Heureusement qu'elle ne faisait que sourire, et alors elle se contentait d'atteindre les deux oreilles. Si, par malheur, elle se fût avisée de rire, elle eût brisé les obstacles : la partie supérieure de la tête eût pu s'enlever et l'homme faire un magnifique pot à tabac.

La maxillaire inférieure développée, comme chez la race féline. Enfin, un menton carré, hardi, troué au centre, et donnant au visage une expression héroïque.

Résumé : tête de bandit, corps d'Hercule, force de Samson, intrépidité d'Achille, douceur de Joseph, innocence d'Eliacin et misère de Job !

Où était-il né ? Où est-il mort ?

Problème insoluble !

Il croyait être le résultat des menus plaisirs d'un colonel; mais cette idée n'était pas bien précise dans son esprit. Ce qu'il y avait de certain, c'est que du plus loin qu'il se souvenait, du jour où, en se frottant les yeux, il s'était rendu compte de son *moi*, ce *moi* portait l'uniforme rouge des lanciers polonais de la garde impériale.

Au contraire des autres hommes, pour lesquels la mère est l'indispensable et le père un luxe qu'on ne se donne pas toujours, Thomas croyait fermement qu'aucune femme n'était pour quelque chose dans son éclosion.

La poule insouciante s'était envolée probablement et les coqs avaient couvé l'œuf qu'elle avait abandonné : le régiment l'avait adopté.

Mais ce nom de famille, ce *Bokowski* générique? Est-ce qu'on sait ?

Il expliquait cela à sa façon :

— Quand j'étais petit et qu'on me demandait si je voulais de la soupe, je disais toujours : *Beaucoup! beaucoup !* Peut-être bien qu'en Polonais *Bokowski* veut dire beaucoup.

Evidemment cette étymologie ne peut être admise que par des Polonais de la Petite-Pologne.

Néanmoins ces promesses du jeune âge, pour lesquelles la nature avait si bien préparé les voies, se réalisèrent largement.

On comprend qu'un homme doué d'un organe masticateur pareil à celui de Thomas n'avait pas les moyens d'avoir des opinions à lui.

Après 1815, il entra donc dans la garde royale.

Depuis que, grâce à la paix, le paysan ne comblait plus les déficits d'estomac des héros, le pain disparaissait beaucoup des planches de la caserne.

Un jour de *rata*, le cuisinier d'un escadron refusa de délivrer trois gamelles qui, disait-il, avaient été montées dans la chambrée par un élève trompette.

Les cavaliers se plaignirent ; une enquête eut lieu, et l'élève fut convaincu d'avoir englouti la portion de quinze hommes.

L'affaire fit du bruit ; on en parla au petit lever, et le roi Louis XVIII, qui était un adepte en fait de gastronomie, voulut voir à l'œuvre le héros de l'aventure.

Quand l'ogre fut rassassié, le roi épouvanté lui demanda :

— Combien mangerais-tu de lièvres ?

— Dix, répondit-il sans hésiter.

— Et de perdrix ?

— Vingt.

— Mais des allouettes, alors ?

— Oh ! des allouettes ! Cette farce !...

— Oui, des allouettes, combien ?

— Oh ! des allouettes... des allouettes... Mais j'en mangerais toujours !

L'élève trompette s'appelait Thomas Bokowski.

Une lacune se fait dans cette vie.

Pourquoi a-t-il quitté l'armée ? Pour insuffisance de nourriture probablement.

On le retrouve modèle, et il doit l'être depuis longtemps, si l'on en croit ses motifs de haine contre le peintre Larivière.

Laissons-le parler lui-même :

— Ce n'est pas un homme ! Je posais pour le portrait d'un général qui était mort, et, vous savez, je ne suis pas ambitieux, je n'ai jamais désiré que deux choses : une paire de bottes et une paillasse. M. Larivière m'avait dit :

— Thomas, si tu me poses bien ça, je te ferai donner les bottes pour ta peine !

C'étaient des bottes superbes, des bottes de général. Comme mon pantalon était déchiré dans le bas, je l'aurais fourré dedans et j'aurais été très bien.

Voilà qu'un jour, — le tableau était presque fini, —

j'entends du bruit dans la cour et M. Larivière qui saute en criant :

— C'est le roi qui vient voir le portrait ! Vite, vite, Thomas, file par ici, et il me pousse dans une pièce qui donnait sur l'escalier de service.

Ce n'était déjà pas distingué de la part de M. Larivière de me flanquer dehors à cause du roi : j'étais, je crois, dans une tenue assez *chouette* pour ne pas me cacher.

Il me pousse une idée. Je me dis : voilà l'occasion ou jamais. Je descends, je traverse la cour, je remonte par le grand escalier et je rentre dans l'atelier.

M. Larivière et d'autres étaient autour du roi, qui blaguait tout seul et qui faisait face à la porte.

Moi, je connais la position : je tiens le claque à la main gauche, la droite à la hauteur de l'œil, le roi se lève, me regarde d'un air étonné, me salue et me dit :

— Que désirez-vous, général ?

M. Larivière se retourne, devient tout rouge et me crie :

— Ah ! par exemple !

Le roi l'arrête et lui dit :

— Laissez, monsieur, — et vous, général, parlez.

— Majesté, voilà ce que c'est : je voudrais une paillasse, vu que pour le moment...

Voilà le roi qui retombe sur son fauteuil et qui se met à rire en se tenant les côtes, et les autres qui en font autant. C'était bête. Ça m'a jeté un froid, je n'ai plus pu rien dire et je suis rentré dans le cabinet. Je

n'ai jamais eu ni les bottes ni la paillasse. Oh! c'est
des pas grand'chose que Louis-Philippe et M. Larivière,
et pourtant si j'avais voulu !...

On ne peut pas se faire une idée de l'expression que
mettait Thomas dans ce :

— Et pourtant, si j'avais voulu !...

Voici l'histoire de ce : Et pourtant, si j'avais voulu !...

C'était en février 1848. Thomas, après avoir conduit
une bande contre le poste du Château-d'Eau, était
entré aux Tuileries et avait pris part à ces travestisse-
ments impossibles qui forment l'élément comique
de ce mélodrame qu'on appelle *la chute d'une
dynastie.* Non content d'avoir endossé un uniforme
complet de maréchal de France, celui de Bugeaud ou de
Gérard peut-être, il s'était fait coudre des galons de
fourrier sur la manche.

Fourrier ! le plus joli grade aux yeux des soldats
qui ne savent pas lire ! Maréchal de France : la belle
affaire ! le premier tapin venu peut enfler ses baguettes
pour en faire un bâton de maréchal, mais fourrier ! il
faut savoir lire, écrire et compter pour cela !

Donc Thomas donnait des ordres à ses hommes dans
ce bel équipage, et resta trois jours au château, après
quoi il sortit avec le costume qu'il avait avant d'y pénétrer.

— Si j'avais été ambitieux ; j'étais aux Tuileries,
j'étais le plus gradé (*je le crois bien !*), je commandais
tout, je faisais fusiller les voleurs dans les fossés, j'étais
le maître, on m'obéissait au doigt et à l'œil, parce que
j'étais le plus fort, je n'avais qu'à dire un mot ; eh bien,

je suis parti sans rien, et pourtant, si j'avais voulu !...

— Eh bien ! quoi, Thomas ?

— Quoi ? quoi ? Je pouvais comme un autre me faire nommer roi de la République !

Pourquoi rire ? N'est-ce pas l'histoire de toutes les usurpations ?

Cependant, Thomas fit des absences qui ne furent jamais bien expliquées.

Une fois, il buvait à la barrière Fontainebleau avec des messieurs, quand, on ne sait pourquoi, ces messieurs se jetèrent sur lui et lui portèrent deux coups de couteau qu'il para avec sa tête. Son poing s'abattit, un crâne s'ouvrit et Thomas dut s'expliquer à la justice.

— Ces messieurs lui avaient fait une politesse, c'est vrai, et il savait se conduire en société ; mais on lui avait offert 50 francs, s'il voulait démolir le concierge d'une maison où ces messieurs désiraient entrer dans la nuit, et il n'avait pas voulu. On l'avait traité de mouchard et cela ne lui avait pas convenu. Il s'était levé pour s'en aller ; c'est alors qu'on l'avait *travaillé* et qu'il avait tapé.

Une autre fois il revint dans les ateliers, blême, décharné, malade.

Il avait voulu apprendre un état.

Quelques industriels avaient découvert une plante qui, soumise à la mastication, produisait une salivation abondante et d'un rouge pourpre magnifique. Ils prirent de pauvres diables qu'ils soumirent à cet exercice et recueillirent leurs secrétions salivaires, pour en faire de la teinture.

C'est cet état que Thomas avait appris.

A partir de ce moment il ne fut plus le même ; il baissa et, un jour, il grelottait tellement, quoiqu'il n'y eut que 7 degrés au-dessous de zéro et qu'il fut sans chemise, suivant son habitude, qu'on lui donna un gilet de tricot.

Dès lors on ne le revit plus.

Clamart ou la Morgue l'ont vu passer et, s'il reste aujourd'hui quelque chose de Thomas l'Ours, c'est dans les principaux tableaux de notre époque.

COUCHER DU SOLEIL

Il ne fait pas encore nuit, mais il ne fait plus jour.

Il a dégelé un peu dans la journée, et les voitures ont creusé, dans la neige sale, des ornières profondes, au fond desquelles le macadam délayé forme des plaques noirâtres.

Le vent fouette une petite pluie fine, qui gèle dans l'air et qui annonce du verglas pour la nuit.

La rue est sombre, et c'est à peine si les vitres ternies laissent filtrer au dehors la lumière des boutiques.

Parfois une fenêtre s'ouvre au premier étage ou à l'entresol d'une maison, et, pendant qu'une servante se penche pour fermer les volets, le passant aperçoit la lampe suspendue de la salle à manger, qui fait ressortir la blancheur éclatante de la nappe et fait jouer des étincelles sur les facettes des cristaux. Puis tout disparaît.

Il doit faire bon là-haut!

En bas, les piétons enfoncent jusqu'aux chevilles et les chevaux sont crottés jusqu'au garrot.

Les figures sont bleuâtres. Les yeux pleurent.

Des employés, les mains enfoncées dans les poches, le cache-nez remonté aux yeux, le parapluie sous le bras, — par peur de l'onglée, — filent vers Montmartre ou Batignolles.

De temps en temps passe, grelottant, un pauvre petit de douze à treize ans, la poitrine cintrée, les mains sous les aisselles, la blouse ruisselante, le coup nu, les épaules à peine abritées par un morceau de serge, — son tablier d'ouvrier peut-être!

Du coin du boulevard Magenta et du faubourg Saint-Denis, deux hommes du peuple et une femme, la tête couverte d'une capeline, un panier à un bras, un enfant sur l'autre, regardent quelque chose...

Un sergent de ville pousse, devant lui, une fille vers le poste de Saint-Lazare.

L'eau dégoutte de ses cheveux; un caraco sale flotte autour de son corps maigre; une chose sans nom tombe le long de ses hanches et traîne dans la boue — cela a dû être naguère une jupe couleur havane; sous cette loque, on aperçoit le pied chaussé de bottines éculées, avec un gland tombant sur le cou-de-pied.

Ses yeux sont rougis, ses lèvres sont bleues, ses dents claquent. Il faut la regarder longtemps pour retrouver, sous ces ravages, des traits qui ont dû être charmants, et.... horreur! vingt ans à peine!

Lorsque le passant s'arrête un instant pour voir cette

20.

scène, — un rictus contracte sa bouche et elle essaie de charger son œil d'impudence.

De temps à autre, elle retourne la tête; quelque chose de rauque sort de son gosier. L'homme de la police, pour toute réponse, pose sa large main sur son épaule, la pousse doucement en avant, en disant :

— Allons! allons!

Le factionnaire, enveloppé dans son grand burnous brun, la crosse du fusil au pied, le canon dans les bras, se penche en dehors de la guérite et jette sur la prisonnière un coup d'œil indifférent, qu'elle lui rend aussitôt.

La chair à canon regarde la chair à plaisir.

Ils sont peut-être du même âge, — mais le jeune

soldat est frais et rose, ses gros souliers sont solides, ses vêtements sont chauds. Après sa faction, il va dévorer son gamelon auprès du poêle et, la tête sur son sac, se reposera sur le lit de camp: décidément ce n'est pas sa profession qui est la plus meurtrière.

Ils sont peut-être du même pays et, qui sait? sans la conscription...

Cent mille mâles voués chaque année au célibat font cent mille femelles condamnées à la même peine. Qui dit cela ne dit pas chasteté, — l'amour n'y perd rien. — Mais la nature est volée! Pendant sept ans, pas de reproduction.

La porte du poste s'ouvre;—la fille et l'agent disparaissent.

— Qu'est-ce qu'elle a pu faire? dit un des hommes du groupe.

— Elle aura raccroché, répond l'autre.

— Pour penser à l'amour, d'un temps pareil, dit la emme, en serrant son enfant, faut avoir le chien dans le ventre.

— Ou la faim, ajoute d'une voix voilée un quatrième personnage.

Si la fille n'était pas entrée au poste, on dirait que c'est elle. Mêmes allures, — mêmes loques.

— Je la connais: c'est la grande Sophie; elle demeurait cet été dans le même garni que moi. Voilà trois nuits qu'elle couche dans les démolitions... elle se sera fait *piger* exprès. Le métier de femme n'est pas drôle, au jour d'aujourd'hui....

— Pourquoi ne travaille-t-elle pas? hasardai-je.

Trois éclats de rire me coupent la parole. Ces gens se regardent, haussent les épaules et l'un des hommes s'écrie :

— Ils sont tous les mêmes !

— Voulez-vous m'en donner, de l'ouvrage ? grogne la fille.

— Et elle est propre, l'ouvrage, à cette heure ! dit la femme au panier. Quand on demande vingt sous d'une chemise piquée, les patrons vous répondent que les sœurs des prisons les font faire à dix sous : — tenez, là en face ! Et les ouvrières sont logées et nourries ! — Et elle ajoute en s'en allant : — Si on n'avait pas un homme, malheur !

Chacun tire de son côté ; — la fille me suit :

— Monsieur, dit-elle en tâchant d'adoucir sa voix cassée, voulez...

— Malheureuse ! vous allez vous faire....

— Arrêter. Eh bien ! après ? *Au bout le bout !*
Je m'enfuis.

Et elles ont vingt ans, me disais-je ; et elles ont quarante ans peut-être à vivre encore ! A l'âge où leurs mamelles devraient être gonflées de lait et tripotées par a main rose d'un enfant, elles pendent, flétries par les caresses des ivrognes. L'amour ! allons donc ! à peine en ont-elles eu le premier baiser. Qu'en fait-on, lorsque leur corps ne dit plus rien même aux lépreux et aux culs-de-jatte ?

La Seine répond pour quelques-unes. Mais les autres ?

Dans quel enfer faut-il descendre encore pour les retrouver ?

Et elles ont été toutes petites, roses comme des anges bouffis. Et leurs mères les ont jetées, le dimanche matin, moitié nues, sur le lit du père, qui les a roulées sur la couverture avec sa main calleuse.

Et je pensais à mes deux petites filles, qui allaient courir au-devant de moi, en criant, en se bousculant, en se disputant mon premier baiser !

Et des frissons me passaient dans les moelles.

Ah ! l'honnête vie que celle de l'homme à l'état de nature.

Une hutte sur les bords des grands bois du Nouveau-Monde, — un fusil, une hache, un travail de géant, des fatigues effroyables, soit ! — mais au moins pas d'autres dangers pour les enfants que la griffe des fauves et la dent des serpents.

Mais la pluie glacée me fouettait le visage ; mes pieds faisaient clapoter la boue, et à tout instant je me heurtais à des filles.

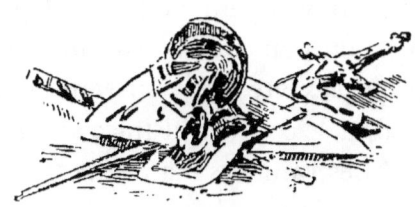

LE SIÈCLE DU PLUMET

Une tribu en marche. Des hommes sont à l'avant-garde. Ils avancent hardiment, sous le soleil ardent. traçant la route, souffrant la soif et la faim, franchissant les torrents, les ravins, les montagnes, bravant mille danger. Un double espoir les soutient : montrer la route à ceux qui viennent derrière, et gagner enfin la terre promise, où l'on pourra abandonner les tentes, élever les gourbis; et vivre enfin suivant la justice et la vérité. Le soleil va se coucher et trace sa ligne de pourpre à l'horizon. Les vaillants marchent toujours; tout à coup l'un deux s'écrie :

— Compagnons, nous avons bravement fait notre journée; nous avons battu l'estrade, arraché les ronces, déblayé les pierres et indiqué le chemin aux nôtres. Nous approchons du plateau tant promis à nos pères, et, lorsque la cité heureuse sera enfin construite, les siècles chanteront nos noms glorieux aux générations. Montons sur cette colline, et tâchons de voir le chemin qu'a déjà fait la tribu.

La tribu n'a pas changé de place.

Imaginez le désespoir de ces hommes !

Tel est l'amer sentiment qu'ont dû éprouver tous ceux qui combattent pour l'avancement de l'humanité devant le spectacle que présentaient les Champs-Élysées pendant la mémorable journée du lundi 1er juillet 1867.

Dès le matin, des masses profondes s'étaient mises en marche de tous les points de la ville, hommes, femmes, enfants en habits de fête. A chaque minute, les gares de chemins de fer vomissaient de nouvelles recrues.

Aux alentours du palais de l'Industrie, c'était une cohue indescriptible. Les soldats avaient toutes les peines du monde à ne pas laisser briser leurs rangs.

Dès qu'on aperçut le cortége, il s'éleva de tous ces flots humains une rumeur sourde, semblable à celle de la mer lorsque approche la tempête. On se poussait pour tâcher d'apercevoir quelque chose, — les femmes se livraient aux bras de tous ceux qui voulaient les soulever de terre, — les enfants pleuraient.

Mais, dira-t-on, c'est l'intérêt qu'un grand peuple prend à ces belles fêtes de la paix !

Erreur ! La fête se passait à l'intérieur, devant 17,000 élus. Ces gens-là se moquaient bien des progrès de l'industrie. Ils étaient venus là pour voir un spectacle quelconque.

Au fur et à mesure que les voitures passaient, c'é-
taient des cris de sauvages ivres ; les cous étaient tendus,
les bouches entr'ouvertes, les yeux ardents buvaient les
dorures, les chamarrures, les pompons, les aigrettes,
les rubans, les dentelles, les diamants, toute cette verro-
terie auguste avec laquelle, depuis Sémiramis, on
frappe l'esprit des foules.

Que leur importaient le titre, le rang, le rôle de celui qui passait ? Le plus chamarré était le plus acclamé.
Le marchand de pierres à aiguiser les rasoirs, avec son
costume d'Inca, eût été le lion de la fête, s'il eût été
invité.

Tous les gouvernants en exercice ou en surnumé-
rariat, tous les hommes d'État, tous les grands fonctionnaires, se souriaient entre eux.

— Que viennent-ils nous dire, pensaient-ils, tous
ces fous qui réclament au nom du libre arbitre et des
droits de l'homme ? Ces gens ne veulent qu'un droit :
celui de voir. Ils sont heureux, et c'est nous qui avons
raison. Avec quelques mètres de drap rouge et une
dizaine de caisses de quincaillerie, on peut mener le
monde !

Et ils étaient dans le vrai.

Le sultan , en promenant son regard, ne parut pas
étonné. C'est ainsi quand il passe. Seulement, chez lui,
les cris partent d'une source plus élevée. Ce qu'on ac-
clame, ce n'est pas son plumet, — c'est le principe
qu'il représente, — c'est l'islam dont il est le chef.

Ainsi donc c'est encore là que nous en sommes. Ainsi,
depuis dix-huit siècles, une mer de sang a coulé ; réfor-

mations, révolutions, guerres, supplices; l'humanité a été secouée, remuée de toutes les manières; les systèmes ont été remplacés par d'autres systèmes, les hommes par d'autres hommes, les religions par d'autres religions, les dieux par d'autres dieux, — et c'est Rome que nous retrouvons : la Rome des Césars, la Rome des triomphes. *Panem et circenses*!

C'était bien la peine, Zwingle, Jean Huss, Luther, Savonarole! C'était bien la peine, Voltaire, Diderot, Rousseau, Mirabeau, Danton, Camille Desmoulins, Robespierre! C'était bien la peine, vous tous, apôtres, philosophes, révolutionnaires! C'était bien la peine de vous offrir en holocauste sur l'autel de la Vérité, de vous faire martyrs ou bourreaux, d'user votre jeunesse dans les veilles et votre virilité dans les luttes! Il fallait jouir, devenir évêques, papes, ministres, ambassadeurs!

Et vous tous, qui, depuis vingt ans, passez votre vie à proclamer des droits, à tracer des devoirs, à réclamer les libertés de toutes sortes, pauvres fous qui perdez votre bel âge à courir après des illusions, pendant que de bonnes et grasses réalités passent à côté de vous, sans que vous preniez la peine d'allonger la main, vous aussi, vous pouvez dire : C'était bien la peine!

Les seuls hommes qui aient compris ce qu'on pouvait faire avec une plume, les seuls hommes qui aient deviné pourquoi Gutenberg a inventé l'imprimerie, ce sont les *reporters*. Vous tous, vous passerez, vos noms seront oubliés; mais les leurs resteront.

Voilà ce que je me disais, pendant que cette tourbe

21

stupide, avec ses hurlements hystériques, applaudissait aux harnachements des chevaux et des hommes, et je m'inclinais profondément, en pensée, devant tous ces princes, en leur rendant grâce de ne pas être devenus tout à fait féroces et de n'avoir pas le plus profond mépris pour l'humanité.

LE TIREUR DE CARTES

ET SON PITRE

En montant le boulevard Magenta pour se rendre à Montmartre, on arrive à l'emplacement qu'occupait autrefois l'ancienne barrière Poissonnière.

Ce vaste carrefour est devenu la propriété des saltimbanques.

A moins qu'il ne pleuve, il y en a pour tous les goûts.

Ici, c'est une femme dont on ne peut fixer l'âge ; elle a aussi bien trente ans que cinquante. Les cheveux sont d'un blond filasse, couverts d'une calotte bordée d'un petit turban blanc ; un spencer de velours... sans aucune ondulations ; la courte jupe des danseuses de corde. Tout est d'une maigreur horrible, excepté les jambes qui seules sont fortes : le travail développe les muscles.

Jetez-lui dix sous, pas neuf, elle vous crierait, de sa bouche sans dents :

— *N' faut plus qu'un malheureux pétard !*

Moyennant cette somme, du haut de ses huit chaises elle fera en arrière le *saut mortel.*

Plus loin, c'est la fausse madame Pédon et sa composition *opiate :*

— Quoi de plus beau *à voir,* messieurs, qu'une haleine fraîche ! Avec une haleine empestée, la plus belle des beautés n'est qu'un *vain nom !*

A côté, c'est le Montézuma, debout sur sa voiture éclairée le soir avec des girandoles, et vendant une préparation pour les rasoirs.

Le public est toujours le même : des ouvriers sans travail, des soldats, des filles, de vieux libertins qui aiment les foules, des filous, des escarpes qui fuient l'isolement, des gens qui les cherchent, des domestiques qui font une commission pressée et enfin des flâneurs, la classe la plus utile de la société, parce qu'elle étudie la vie partout où est la vie.

Aussi est-ce avec l'autorité d'un flâneur que je vous dis :

— Laissez ces artistes de la place à leur public malin et venez avec moi.

Là, à ce groupe peu nombreux très serré, composé de bonnes sans place, de badauds naïfs, de vieilles femmes tristes ou rêveuses, de petites ouvrières langoureuses, de jeunes tourlourous de la ligne (pas de la garde ; elle connaît le *fourbi !*) si vous apercevez au milieu de ces figures honnêtes un visage sujet à caution, il ne sera pas suspect, il sera atroce. C'est le meilleur cercle pour se bien cacher.

Au centre est un homme qui n'est plus jeune et qui n'est pas encore vieux ; ses traits ne manquent ni de finesse, ni d'intelligence. Mais, sous le choc des passions acharnées, les tempes ont été dévastées, l'artillerie médicale qu'entraîne à sa suite l'Eros des carrefours a fait dans le râtelier des brèches irréparables, et les rares dents qui ont échappé semblent, tellement elles sont noires, porter le deuil de leurs sœurs absentes. La lèvre a blémi sous des baisers impurs.

Malgré cette teinte générale de crapule, je ne sais quel parfum, je ne dirai pas de bonne compagnie, mais d'éducation première se dégage du personnage. Où a-t-il perdu les grâces du baptême social qu'on nomme distinction : « *Dans les malheurs peut-être,* » dirait Balzac.

Il plie et déplie une vieille feuille de papier, à laquelle il fait prendre la forme de mille objets divers.

« — La vieille échoppe des ravaudeuses, qu'on voyait
« autrefois dans le vieux Paris, et qui raccommodaient
« les vieux bas, que nos vieux pères mettaient dans
« leurs vieux escarpins.

« Le casque de Jeanne d'Arc, dite la Pucelle d'Or-
« léans, — il n'y en a jamais eu qu'une en France, c'est
« celle-là, — Domrémy, Rouen, Orléans, Compiègne
« ont beau élever des statues différentes, c'est toujours
« la même, — mais ça fait bien pour l'étranger qui
« *tape dans le comtois, qui coupe dans le pont !* Vous
« trouverez des gens qui vous diront que je lui ressem-

« ble. Faut les laisser dire, il n'y a pas de mal à cela !
« Chacun dit la sienne : c'est le meilleur moyen de s'a-
« muser en société, et ça se comprend ! Messieurs, je
« pourrais vous en faire comme cela jusqu'à demain,
« mais vous pensez bien que je ne suis pas venu ici
« pour vous amuser. Je fais les cartes, et je... »

Quelques craintifs vont battre en retraite, quand, au
milieu du cercle, paraît soudain un individu tout déguenillé, avec un chapeau gris défoncé, un col carcan
et un monocle dans l'œil. — Vraiment, n'étaient les
déchirures et la crasse qu'émaillent le vêtement, on dirait un gandin un peu en retard. C'est le pitre du tireur de cartes. A ce moment, un ivrogne, qui a tout
le temps écouté la scène avec l'œil hagard et le balan-
cement hébété qui caractérisent cette honorable corporation, entonne d'une voix éraillée et entrecoupée de
hoquets :

J' suis pas d' ces gandins qu'ont un carreau dans l'œil,
    Avec des gants en peau d' caniche ;
J' préfère au pomard le p'tit bleu d'Argenteuil,
    C'est pas chez Tortoni que j' liche.

    Sur mon œil gauche.....

— Pardon, monsieur, dit le tireur de cartes, avez-
vous une permission de M. le préfet de police pour
être imbécile sur la voie publique ? Non, n'est-ce pas ?
Eh bien ! allez faire la bête à domicile.

Et comme l'ivrogne, un instant ahuri, reprend tout
à coup :

        Je pose mon gibus,
Dans mon gousset, j' fais sonner mon.....

— Ah ! çà, tu m'embêtes à la fin ! Va pousser tes *évohé* de petits canons un peu plus loin ! s'écrie-t-il, et il l'envoie rouler hors du cercle.

— Décidément, me dis-je en moi-même, mon père avait raison : « Un bachelier peut arriver à tout. »

L'intrus expulsé, notre homme s'adresse à son pitre.

Celui-là, par exemple, a une tête hideuse ; il n'y a pas chez lui dégénérescence, au contraire : il a dû s'élever au-dessus des rêves faits à son berceau.

— Et vous, monsieur, que désirez-vous ?

— *Monsié*, dit le pitre chargé d'amuser la galerie, *bardon té vi térancher. Ché zouis gourtier pur un zoziété en gommantide et ché fiens vi brobosser tes acztions.*

— Monsieur, si ce sont de mauvaises actions, j'en ai à revendre, et quant aux bonnes, comme c'est feu M. de Montyon qui seul paye les dividendes, je n'aurai pas la sottise de faire des placements si désavantageux.

— *Monsié, laissez-moi vi exbliguer.*

Le lecteur nous permettra d'écrire en français, il mettra lui-même l'accent.

— La Compagnie que je représente, a comblé une lacune dans la société. Tout le monde, *au jour d'aujourd'hui*, et surtout depuis la crise cotonnière, se demande : Comment pourrai-je me faire enterrer ? Ma Compagnie répond par des coupons de cent francs et par des actions de cinq cents francs. Un coupon de cent francs vous donne le droit d'être enterré gratis, aussitôt que vous êtes mort.

— Ah! diable, c'est déjà avantageux ! Mais les actions?

— Une action donne le droit d'être enterré tout de suite. Vous voyez l'économie : plus de loyer, plus de boulanger, plus de tailleur à payer ! On vous passe *la redingote sans manches* et on vous envoie *chiquer le tabac par la racine.* Prenez-moi une action, monsieur, je vous fais enterrer à l'instant.

— Allez vous-en au diable !

— *Ché beux bas! monsié, ché ᶎouis bas actionnaire.*

— Mon ami, fais-moi le plaisir de décamper avec tes actions et tes coupons. D'ailleurs, je n'entends rien ton baragouin..... Eh bien ! tu ne comprends pas le français?

— *Ché gombrends le vrançais mié que vi, pouisqué ché barle vrançais et qué ché me gombrends, moi, dantis qué vi, à qui ché lé barle, vi ne me gombreneᶎ bas!*

— Mais de quel pays es-tu donc ?

— *Ché bé bas vi tire en cette moment.*

— Pourquoi cela ?

— *Parcé qué ché serai beut-être Barisien piendôt.*

— Bah !

— *Voï! Téneᶎ, les chens qui téméraient bar là, il y a dix ans, ils étaient Montmardriens, ils sont Barisiens maindenant.*

— Eh bien?

— *Eh pien! guand on régulera les parrières té*

l'audre goté té Colmar, ché téfiendrai Barisien aussi.
C'est l'affaire d'une poulevard. Ch'attends cette mo-
ment bur aller foir mon famille : Ch'aurai qu'à
brendre l'imbériale, bur drois sus !

— Eh ! mais, c'est une idée cela ! Sais-tu que tu n'es
pas bête?

— *Ché sais pien ! vi pivez êdre dranguille, ché vi*
férai bas gonguirrence ?

Et, comme un gamin s'avance trop, il lui dit sur ce
rhythme traînard de l'enfant du ruisseau :

— Vas-tu te r'culer, *môme!*

Puis, voyant qu'il s'est trahi, il reprend, saisi d'une
inspiration :

— Mon Dieu ! mon Dieu! qu'il y a des enfants dans
ce quartier. Ce n'est pas Dieu possible! Il faut que les
demoiselles donnent un coup de main aux dames, sans
quoi on ne ferait pas tant d'ouvrage ! Mais je vais vous
conter l'histoire de la tante *Berbelé* et de la cousine
Dortel.

Pendant que le pitre tient la foule en haleine, son
patron distribue ses cartes :

— La première personne ! Y a-t-il une première
personne?

Je ne vous dirai pas ce qu'il raconte à chacun pour
ses dix centimes : Je ne veux pas faire tort à cet honnête industriel. Mais je vous engage, quand vous passerez par-là, à ne pas perdre un mot de la parade : elle
vaut mieux que bien des vaudevilles de ma connaissance.

FAMULUS

Tu l'as rencontré vingt fois par la ville, l'œil cli-
gnotant, la lèvre pateline, faisant involontairement, et
à tout instant, le mouvement d'un homme qui salue...
Il est sans cesse vêtu comme s'il se rendait à une audience solennelle. S'il s'arrête pour adresser la parole à
quelqu'un, écoute : Votre Excellence, Votre Grâce,
Votre Seigneurie, arrivent sur ses lèvres ; il se reprend,
rougit un peu et recommence. L'habitude !

C'est Famulus... que tu connais de nom certainement. Il a longtemps tourné sur lui-même avant de
trouver sa voie : — enfin, un jour, il a poussé l'*Eu-
réka !* et s'est jeté en avant.

Au lieu d'étudier, de chercher, de creuser, de penser
et de monter lentement, mais solidement, cette pente
raide et rocailleuse qui conduit à une réputation ho-

norable dans les lettres, il a préféré essayer de ressusciter une spécialité depuis longtemps disparue.

Naguère, un pauvre poète en guenilles, n'ayant pas
même de quoi s'empoisonner dans une popine avec
un plat de polanta de farine et une coupe d'affreux vin
de Crète, courait de l'aqueduc de la Virgo aux bains
d'Agrippine, pour mendier chez quelque patricien une
place de plagipatida.

Aussitôt que le triclyniarque le voyait arriver, il lui
jetait au visage la plus sale des tuniques qu'on fait
revêtir aux convives. Le pauvre hère endossait cette
synthèse trouée et maculée de vins et de sauces. Sur le
lit de droite, on lui faisait, en murmurant, une bien
petite place, de laquelle il pouvait à peine atteindre la
grande table en bois de citre de Mauritanie. Les esclaves, au lieu de lui verser les parfums sur les mains
et les pieds, s'arrangeaient de façon à l'arroser complétement.

On lui plaçait sur la tête, et autour du cou, les couronnes les plus fanées, heureux encore si quelque
plaisant n'avait pas caché des orties sous les roses de
Pœstum. Les dieux même semblaient contre lui, car,
lorsqu'on prenait les dés pour jouer la royauté du fes-
tin, il était toujours sûr d'amener le coup du chien.

L'ovos passait-il à sa portée, les sacs ne contenaient
déjà plus d'olives !

Enfin, le structor entrait dans la salle, portant le
ferculum sur lequel étaient disposés les mets : — son
œil s'allumait — sa bouche s'ouvrait — ses boyaux
tressaillaient de désir. Mais... alors, les invités récla-

maient du favori d'Apollo quelque dithyrambe en
l'honneur de l'hôte, et lui commençait ainsi :

« O divin maître d'Apicius, combien supérieur n'es-
« tu pas au fils de Latone, lui qui ne peut offrir au
« favori des neuf sœurs que la fade eau du Permesse,
« tandis que ton obsonator peut jeter sur le marché
« mille sesterces, en échange de ce garum des associés
« qui arrose tes dorades du lac Lucrin.

« Que n'ai-je le rhythme enchanteur de Virgilius
« Maro, pour décrire les félicités divines que fait naître,
« dans mon palais, la seule vue de ces gélinottes d'Io-
« nie, de ces faisans des bords du Phase, etc., etc. »

Lorsqu'il avait fini, tout le monde éclatait de rire ;
le maître lui jetait de loin une cuisse de paon de Sa-
mos, et si, après avoir absorbé deux ou trois conges
de vin, il roulait, complétement ivre, au milieu du
triclynium, les esclaves l'enlevaient, lui remettaient
ses vêtements en lambeaux, et le lançaient à la volée
hors de la maison.

Ces mœurs sont loin de nous, et le poète parasite
est de nos jours une exception. Depuis longtemps déjà,
l'on s'est aperçu que les fruits de la pensée pouvaient
servir à autre chose qu'à payer l'aumône d'un repas.
L'écrivain vit de son œuvre, et Famulus, sous ce rapport, n'a rien à envier à personne. — Il dîne chez lui,
porte des vêtements faits pour lui, est élégant et bien
élevé.

Cependant, alors que les uns, comme autrefois
Perse et Juvénal, font la critique des mœurs de ce
temps, que d'autres parlent sur l'art, qu'un grand

nombre suent sang et eau à trouver un cent-million-
nième empêchement à l'union de Héro avec Léandre,
que beaucoup écrivent pour dire des sottises et le reste
pour ne rien dire du tout, que fait Famulus?

Chaque jour arrive dans la ville, soit un monarque
qui vient visiter César, soit un étranger de distinction.
Le premier visage qu'il aperçoit, c'est celui du petit
Famulus.

Comment a-t-il fait pour pénétrer? Comment
font ceux de sa nation pour arriver jusque dans les in-
térieurs les mieux défendus offrir leurs étoffes et leurs
bijoux? C'est un secret. Cependant, Orphée, qui sut
attendrir les monstres défendant l'entrée du sombre
séjour, eût usé toutes les cordes de sa lyre avant de tou-

22

cher le cœur d'un valet d'aujourd'hui. Famulus a-t-il
pour ces êtres-là des accents plus puissants que ceux
d'Orphée ? Il les garde alors bien secrets. Il est plutôt
probable qu'ils reconnaissent entre eux et lui des affi-
nités secrètes, qui les font se comprendre à demi-mot.
Quoi qu'il en soit, les portes tombent, et Famulus
paraît.

— Pardonne si j'ai forcé ta porte. Je suis Famulus,
dont tu as dû entendre parler. C'est moi qui dévoile
au monde les vertus des grand et des puissants. Permets que je contemple tes traits et que je me prosterne
devant ton génie. Pourquoi les dieux auraient-ils
épuisé toutes leurs faveurs sur toi, si les peuples devaient l'ignorer ?

Et le lendemain, du Tibre à l'Euphrate, on lit que
le souverain de tel État ou le proconsul de telle province est dans nos murs. Sa tête, c'est celle de l'Anti-
noüs ; sa vertu, celle de Caton d'Utique ; sa simplicité, celle de Cincinnatus ; sa fidélité au serment, celle
de Régulus. Qu'on ne lui dise ni ceci, ni cela, non ;
Famulus, lorsque la vérité éclate, aurait le courage de
la dire devant Jupiter lui-même. « Cet homme, s'écrie-
ra-t-il, qui n'est pas de même nature que nous (parle
pour toi, Famulus !), eh bien ! il se lève le matin, il
mange comme un autre, travaille pour remplir les
devoirs de sa charge... »

Et Famulus s'attendrit et il pleure ! « Qu'est à côté
de cela le tonneau garni de clous ! Et à moi, petit, il
m'a parlé ; et il m'a tendu la main. Oh ! de ma vie je
ne la laverai, de peur de faire disparaître le souve-

nir de cet honneur, qui fera le bonheur de ma vie ! »

On se demande, en lisant cela, si c'est de l'épi-gramme ! Eh bien ! non, tout est sincère. Dans cette spécialité, il a des audaces à faire pâlir un affranchi. Et chez lui tout coule de source, sans effort, sans tra-vail. Il rencontre, dans la rue, des gens qu'il a connus avant de s'être fait marchand d'encens, et il les regarde le plus naturellement du monde, il les salue, leur sourit, sans paraître avoir conscience de ce qu'il fait !

Peut-être ne sait-il pas que chacune de ses lignes semble une injure à la dignité humaine, et qu'un flot de dégoût monte à la gorge de tout honnête homme qui les lit ?

Mais, me diras-tu, il a un but ? Lorsque l'œuvre a paru, l'adulé le paie.

Allons donc ! Non, c'est une vocation, et puis bien fou qui paierait d'aussi maladroites flatteries. Que la fortune adverse le touche de son aile, Famulus ne trou-vera, chez ceux qu'il a flattés, aucune main secourable.

Le peuple dit d'un prodigue, qui d'avance a engagé son patrimoine, qu'il a mangé son foin en herbes. On peut appliquer ce dicton au pauvre garçon.

Que fera-t-il, quand tous les grands auront passé par ses mains ? Il prendra les petits, me diras-tu ?

Tu comptes sans la lassitude du lecteur !

Et puis, qu'est-ce qu'une individualité dans ces temps d'enfantement laborieux ? Tout homme qui n'est pas le soldat d'une idée, l'agent d'un principe, n'a aucune raison d'être et n'existe pas. La mort venue, il ne restera rien de lui !

Famulus n'a-t-il voulu qu'être connu? Il a réussi. De ses écrits, heureusement pour lui, dans quelques semaines, il ne restera pas trace, et, si quelque biographe trouve un jour ce nom sous sa plume, il ne pourra dire de lui que ces mots :

— En ce temps où les plus humbles sentaient le besoin de se tenir debout, il s'est trouvé un homme qui aimait la position à plat ventre : — Il s'appelait Famulus !

L'AURORE AUX DOIGTS DE ROSES

Il est sept heures moins un quart. Le soleil commence à peine à rougir la neige des toits.

Le train vient d'arriver avec trois heures de retard. Depuis la veille, je n'ai absorbé que douze heures de chemin de fer. J'ai une faim de loup.

Aux environs de la gare, tous les restaurants sont encore fermés. Pourtant j'aperçois une devanture éclairée ; j'y marche.

C'est une de ces maisons à double face, ni marchand de vin, ni restaurant, et les deux à la fois, — un nourrisseur accessible à toutes les clientèles, — depuis le roulier qui demande une chopine et un morceau de fromage jusqu'au commis-voyageur qui commande un déjeuner aux truffes, arrosé de saint-estèphe.

A la porte, une voiture de louage est arrêtée. Une

voiture !... mais une de ces voitures honteuses qui n'o-
sent pas se montrer dans le jour. Une caisse à moitié
éventrée ; des portières déclassées qui ont dû naguère
appartenir à l'aristocratie, si l'on en juge par un restant de cimier, surmonté d'une couronne de comte ;
des ressorts banals, dont l'un est amputé, avec un morceau de corde. Attelé à ce carrosse — une bique ca-
pable de tirer des larmes d'attendrissement des yeux de
Rossinante ; le cou pelé, les dents usées, la bouche ba-
veuse, les jambes arquées, couronnée autant de fois
qu'une rosse peut être, le sabot usé jusqu'au boulet...
Et le harnachement ! rêvez tout, vous n'en approchez
pas !

A voir cet équipage, quiconque ne connaît pas son
Paris se dit qu'on pourra en tirer à peine un fagot,
quelques livres de ferraille, du noir animal et juste assez de cuir pour faire une paire de bottes d'égoutier !
Erreur, ça gagne et ça gagnera pendant dix ans encore
peut être vingt-cinq francs par jour à son propriétaire.

J'entre.

Le garçon prend ma valise, me débarrasse de mon
caban :

— Déjeuner, *m'sieur ?*

— Oui.

Il me fait passer dans une salle latérale. En entrant,
une bouffée de chaleur malsaine me saute à la gorge :
tabac, eau-de-vie, vins, gaz, mangeaille, houille. Voilà
la composition de l'air.

J'en prends mon parti, regrettant le froid de la rue.

J'examine les hôtes de céans.

La table qui fait face à la mienne est occupée par six individus.

Sur l'espèce de divan du fond, trois femmes; vis-à-vis d'elles, trois hommes.

L'un, fort, replet, le cou apoplectique, la figure cramoisie, fume silencieusement une grosse pipe d'écume; de temps en temps, il anime avec une longue cuillère un bol de punch qui fait monter au plafond sa flamme bleue. A sa gauche, appuyé sur le coude, un grand garçon de vingt-cinq ans, un tronçon de cigare éteint au coin de la lèvre, dort lourdement : l'hébétation de l'ivresse marque son visage, qui a dû être beau; ses cheveux sont déjà rares; de singulières taches safranées marbrent son front; ses joues sont creuses, et la phthisie pulmonaire éclaire ses pommettes de vives rougeurs. Ses vêtements sont d'une coupe élégante; mais sa chemise de fine batiste est frippée et souillée de vin.

En face de lui, une grande fille chamarrée de bijoux faux, les bords des paupières rouges, la poitrine pendante sous un caraco de soie éraillée, soulevant bêtement des lèvres pâles qui découvrent une rangée interrompue de dents déchaussées, me lance des coups d'œil qu'elle tâche de rendre langoureux.

A côté d'elle, — une de ces têtes sans expression, l'œil bleu faïence, les cheveux filasse, le teint plombé, un foulard de couleur passé roulé autour du cou, ni col, ni manchettes.

Elle coud machinalement un petit bonnet d'enfant; son regard est perdu dans le vague. — Est-ce du désespoir ? Est-ce de l'abrutissement ? La malheureuse est grosse de sept mois au moins ! Parfois, elle interrompt sa couture, passe sa main dans sa poitrine et se gratte.

Un peu plus loin, une perle ! Une fillette de seize à dix-sept ans à peine. Pas blonde, pas rousse, *flave*, si je puis m'exprimer ainsi ; c'est bien là le *flavus* des Latins ; des rayons de soleil crêpelés. Le nez droit, des yeux d'un bleu foncé ; une bouche mignonne qui serait irréprochable si la lèvre inférieure, un peu charnue, n'indiquait la sensualité. L'élégance du cou est cachée par un de ces colliers de grosses perles noires, qu'on vend treize sous dans les bazars. La gorge de la Vénus de Milo saillit sous la robe un peu juste et

paraît prête à en faire crever l'étoffe usée. Malheureu-
semement, toujours ce teint couleur de cendre que le
hasard jette sur la face de ceux qu'il nourrit. Elle écrit
et s'interrompt pour pousser des éclats de rire argentins
qui font scintiller trente-deux diamants encastrés dans
des gensives rouge-sang.

L'homme qui est en face d'elle lui dicte une chanson
obscène.

Cet homme, c'est le cocher. Un chapeau de castor,
qui a dû servir à trois générations ; pantalon café au
lait ; gilet cramoisi rayé de jaune ; redingote vert-
pomme et... cravate blanche, s'il vous plaît !

A chaque instant, il s'arrête et murmure :

— C'est égal, je voudrais bien que les bureaux soient
ouverts pour envoyer un *télégraphe* à ma femme ; — la
pauvre chérie doit être inquiète, et mon petit *porrichi-*
nelle qui tousse depuis quelques jours !

Allllons-y ! — 3e couplet :

> *Quand ce fut sur les ménuit,*
> *La bell' voulut sortir du lit ;*
> *Ohé !*
> *J' l'empoignis par la jambe...*

Le jour vainqueur envahit déjà la rue, et, malgré la
buée qui couvre les vitres, les lueurs du gaz et du
punch pâlissent et plaquent sur ce tableau des lumières
sinistres.

Le gros homme à la pipe agite encore la flamme sacrée qui lance en l'air mille langues bleuâtres, puis

s'abaisse subitement, frémit, tressaille, court comme
un feu follet sur les bords et expire.

— Oh ! là, les ribaudes, s'écrie-t-il, tendez vos verres !
Et toi, Almaviva fourbu, reveille-toi : *Nunc est biben-
dum !*

Le jeune écarquille de grands yeux ahuris, tourne la
tête à droite et à gauche, m'aperçoit, me regarde fixe-
ment, puis se lève et, faisant quelques pas en titubant
vers ma table :

— Pardon, monsieur, me dit-il entre deux hoquets,
est-ce que vous n'avez pas été employé chez MM. Si-
nart et Tréfils, rue d'A...mes...terdam, 107 ?

— Non, monsieur.

— C'est que vous ressemblez à un nommé.....

A ce moment, son compagnon le saisit par le bras et
le rejette sur son siége.

— Excusez-le, monsieur : une toquade d'ivrogne !
Vous êtes la trentième personne au moins, depuis hier,
à laquelle il adresse cette question.

Le cocher se lève à son tour et s'avance ; il a sa tête,
celui-là :

— Monsieur, pourriez-vous me dire l'heure au juste;
la montre du bourgeois est arrêtée.

— Sept heures et demie.

— C'est que je voudrais envoyer un *télégraphe* à ma
femme. Je ne pensais pas passer la nuit, quand, à une
heure, j'ai rencontré ces messieurs qui sortaient de chez
Bonnefoy. Ils ont voulu aller aux bois de Boulogne. —
Ils demandaient des femmes.

Le grand garçon se retourne :

— Dis tout de suite, mar.,..aud, interrompit-il, que c'est toi qui nous as pré...é...sentés à des femmes du monde!

— C'est soûl, monsieur, continue l'autre, et ça fait le marquis! Ça m'est égal, pas vrai? l'heure court toujours. J'ai vu ces dames le long du chemin, je les ai sifflées; elles n'ont pas demandé mieux. (Et, baissant la voix.) La nuit, ça représente encore; mais, le jour, ça ferait *renauder* des limousins. Malheur! tenez, celle du milieu, elle est enceinte, je l'ai chargée au *Trocadéro*! Elle serait crevée de froid. C'est égal, faut être rudement noceur, pour penser à des bêtises avec des traînées pareilles! N'est-ce pas, moi je m'en moque, je suis un père de famille et, pendant ce temps-là, l'heure court toujours; mais je voudrais bien envoyer un *télégraphe* à la maison...

Le grand jeune homme ivre revient vers moi et me tend un verre de punch.

Je voudrais bien m'en aller et le dégoût me monte à la gorge; mais il faut s'exercer à avoir le cœur solide dans notre siècle: je tiens bon.

— Pour me prouver que vous ne m'en voulez pas, monsieur, me dit-il, il faut trinquer avec moi. Je regrette bien de ne vous avoir pas rencontré hier soir... Nous nous sommes un peu amusés... J'ai dépensé trois cents francs depuis cinq heures du soir. Quand on vous regarde bien, on voit que vous ne ressemblez pas à Gravet. Il était caissier chez mes patrons, et, vous savez... (Il fit un geste significatif.) *ni vu, ni connu?* *éclipse*!

— Almaviva, hurle la voix du gros, ces dames te réclament !

— Voilà ! voilà ! Moi je ne lui en veux pas ; c'est ce qui m'a valu la place ! moi, je suis un honnête homme !

— Almaviva ! dit encore la voix.

— Voilà.

Il se retourne et s'en va rouler à quelques pas.

J'en ai assez vu, assez entendu. — Il y a là pour le bagne, pour le lupanar, pour Clamart et pour la Morgue. — J'appelle le garçon ; je paie sans avoir fini. Je n'ai plus faim. — J'ai besoin de voir un brave homme avec un outil à la main.

Je sors en pensant : Cette race est mûre pour la servitude !

Le cocher me suit :

— Dites donc, monsieur, me dit-il quand nous sommes dehors, donnez-moi donc quelques sous, au moins, pour la malheureuse qui est enceinte. — Ces feignants-là leur font boire du vin, de l'eau-de-vie, des sirops ; elles s'en fichent un peu, elles n'ont que l'hiver dans le ventre ; elles aimeraient mieux un morceau de pain, et elles n'auront pas ça, elles peuvent y compter ; — je les connais, mes gentilhommes ! Je leur ai donné quarante sous, mais je suis un père de famille...

Pendant que je lui mets quelque chose dans la main, il regarde vers la gare :

— Merci, monsieur, voilà le bureau ouvert : je vais envoyer mon *télégraphe* !

Vous avez souffert de ce récit, que vous avez lu au coin de votre feu, ô mes lectrices !

Tant mieux ! il faut que vous sachiez qu'il y a autre chose dans la vie que des chasses et des bals.

LE RETOUR DES COURSES

Pour la vingtième fois peut-être, je l'ai revu, cet éternel retour des courses, et ce n'est pas ma faute, je vous prie de le croire, lecteurs.

Cependant, il faut bien l'avouer, ce spectacle n'est pas à dédaigner; il y a là un des côtés les plus curieux de nos tendances sociales à observer.

Je veux parler de l'amour de l'égalité.

Mon Dieu, oui, je l'ai dit, et je ne m'en dédis pas : amour de l'égalité. Cela semble drôle au premier abord, et pourtant cela est.

Egalité de bijoux, égalité de vêtements, de dentelles, égalité de chrysocale, si vous voulez, mais enfin égalité.

Je me rappelle avoir vu des courses étant enfant... C'était sous Louis-Philippe. Pour être moins fréquentes qu'aujourd'hui, elles n'en étaient pas moins suivies. C'était pour le public un but de promenade.

On y remarquait des équipages, quelques viveurs parfois avec leurs coquines, mais c'était rare. La fille n'avait pas encore enlevé ce haut du pavé qu'elle tient avec tant de *brio* aujourd'hui.

Et il fallait voir alors les visages scandalisés de la bourgeoisie! C'est qu'en ce temps il y avait encore une bourgeoisie, fière de son succès de 1830, encore tout récent, fière du monarque qui la représentait et ne représentait qu'elle, dédaigneuse de la noblesse, écrasante pour le peuple, exécutant consciensement le programme de M. Guizot : *s'enrichissant*; mais ayant, il faut l'avouer, certains côtés respectables : les vertus de famille.

Elle aimait ses enfants et veillait sur eux. Le père était parfois grotesque, mais il était père. Il appelait sa femme son *épouse*, mais il ne rougissait pas d'elle.

Il savait qu'il avait en elle une solide alliée, une fidèle gardienne de ses intérêts. Elle avait grimpé, à ses côtés, les degrés difficiles qui l'avaient conduit à la fortune et il en savait gré à sa vieille compagne.

Puis, son journal, au lieu de lui parler des toilettes de la cour, des mangeailles souveraines, son journal, fait par des hommes graves et adroits, lui avait laissé entendre que le roi ne couchait qu'avec la reine ; qu'un des princes, ayant été puni au collége, avait été consigné au château par son père, ce qui expliquait son absence et, lorsqu'il voyait le bon gros carrosse royal

quitter le champ de course, pour s'en retourner aux
Tuileries, il disait :

— Voilà le roi qui s'en va manger la soupe; nous
allons faire comme lui.

Et ce furent ces vertus de famille qui dix-huit ans
portèrent à leur apogée la puissance de la bourgeoisie.

Ainsi donc, les trois castes étaient parfaitement dis-
tinctes et se reconnaissaient à première vue : la noblesse, la bourgeoisie, le peuple.

Çà et là, quelques viveurs appartenant aux deux premières, mais en définitive ne constituant pas une classe
à part.

Aujourd'hui cette classe est constituée. Où est-elle,
la noblesse? Où est-elle la bourgeoisie?

Le peuple, je le retrouve; il est là, formant la haie
comme autrefois, et regardant impassible passer cet
ouragan de grelots, de livrées, de chairs nues, d'éclats
de rire, etc., etc.

Comprend-il la portée immense de ce spectacle? J'en
doute, car autrement lui aussi rirait.

Aujourd'hui, cette fusion tant discutée, tant rêvée,
cette alliance utopique des deux aristocraties de nom et
d'argent, elle est faite, elle est là, vivante, qui défile devant nous.

Tant qu'il s'agissait de poser les bases de ce singulier mariage, on ne pouvait tomber d'accord, et cela se
comprend aisément. Chacun voulait faire prévaloir ses
intérêts. Mais tout à coup, un terrain neutre s'est présenté et l'on s'y est précipité.

La *Bicherie* s'est élevée à la hauteur d'une institution sociale, et l'on s'est embrassé en s'écriant :

—Mais voilà l'affaire ! Ni nobles, ni bourgeois !... tous biches ! Qu'est-ce que c'est que ça, les principes ? Ah ! il faut l'avouer, nos pères étaient bien bêtes. Oublions 89, oublions 1815, oublions 1830 et embrassons-nous. Jouir, tout est là !

Aussi, voyez avec quelle conscience chacune des parties observe les conditions du traité.

Regardez ces femmes et leurs toilettes. Où est la haute élégance de la grande dame ? Où est la sévère tenue de la bourgeoise ? Disparues.

Ni duchesse, ni madame Prud'homme; toutes *Trombolinettes*.

Et quand je dis : toutes, je veux dire tous. Les *biches mâles* sont à la hauteur de leurs femelles. Ils sont là ; quelques-uns commencent à se maquiller, mais tous portent la cocarde.

C'est là le grand point, il faut la *cocarde*. C'est un petit morceau de carton rond qui prouve qu'on a payé l'entrée de sa voiture.

Quant à cette voiture elle-même, qu'importe ! tout est bien porté en temps de course. On prend ce qu'on trouve.

Essayant de dépasser une calèche de Binder, attelée en poste et conduite à la Daumont, vous apercevez la bique poussive d'un maraudeur, vieille folle qui essaie de faire voler sur le macadam un affreuse carriole, dont les ressorts poussent des gémissements. Monsieur est sur le siége, à côté du cocher, qui semble tout joyeux, et

23.

je vous défie de trouver dans la coupe de ses habits ou de sa barbe la plus légère dissemblance avec le propriétaire du binder. Ils ont même l'air de se sourire, en se regardant, tant ils ont conscience de leurs sympathies. — Dans l'intérieur de la voiture, les mêmes toilettes, les mêmes femmes. Sont-ce des femmes légitimes ? sont-ce des maîtresses ? Bien fin qui le devinera.

Seuls, les valets de la calèche appartiennent à une classe à part et sentent que l'affreux cocher du *locati* n'est pas de leur monde.

Quant au reste, tout y est, jusqu'aux grelots et aux claquements du fouet.

Des esprits chagrins se scandalisent de ces spectacles. Quant à moi, je les aime, et ce n'est pas sans un certain plaisir que je m'arrête, lorsqu'il m'arrive de voir mon chemin encombré par le défilé de toute cette bicherie.

Les fils des croisés ne sont plus. — La bourgeoisie *austèrement intrigante*, pour me servir du mot de Royer-Collard, n'est plus !

De ces deux castes, toutes-puissantes tour à tour pendant la moitié de ce siècle, il ne reste rien.

Quant à tous ces hommes qui montrent leur carte, et à ces femmes qui cachent peut-être la leur, ils ne représentent ni un principe, ni une aristocratie, ni une doctrine.

Et, tandis qu'ils galopent, faisant claquer les fouets et sonner les grelots, mes yeux s'attachent sur ceux qui les regardent passer, **les** hommes de travail, de science, d'industrie. Ceux-là, sans s'en douter, s'affirment chaque jour d'avantage, se serrent les uns contre les autres, s'entendent et fixent l'œil sur l'avenir. Ce n'est pas une nouvelle caste qui s'élève, — non. C'est la France de demain qui commence à bégayer et il n'est pas difficile de prévoir que ce n'est pas toute cette godaillerie qui passe qui l'empêchera de grandir.

LE JOUR DES MORTS

Dimanche, c'était la Toussaint ; le soleil souriait, et l'on se portait en foule vers les cimetières.

Le ciel était pur, le temps sec ; les arbres avaient encore des feuilles, et les froides pierres des tombeaux étaient revêtues de verdure ; tout vous invitait et le monde se rendait là gaiement, comme il se rend à Longchamps pour saluer le premier regard du printemps.

Le pieux pèlerinage à la vieille abbaye est devenu l'inauguration des modes des beaux jours. Qui sait si, dans vingt ans, la sainte visite au champ du repos ne servira pas de prétexte à l'étalage des modes d'hiver ?

Les larges allées étaient pleines de gens en toilette ; on causait, on riait même, on ébauchait peut-être le premier chapitre du roman de la saison, et ce vaste bourdonnement de la vie causait une singulière impression au milieu de la ville des morts.

Les chapelles particulières étaient ouvertes et de jeunes femmes élégantes disposaient, sur l'autel, des fleurs, avec la coquetterie qu'elles auraient mise à arranger leurs jardinières.

D'autres arrivaient; devant le tombeau, expédiaient vivement, entre deux signes de croix, la pieuse formule, en regardant à droite et à gauche, et les larmes gravées dans le marbre semblaient prendre je ne sais quel aspect navrant.

Quelques amateurs riaient tout haut et se communiquaient leurs réflexions, en lisant certaines épitaphes !

Il y a des gens qui sont laids en pleurant, mais qui peut avoir le courage d'en rire ?

De temps à autre, une forme noire agenouillée et des épaules soulevées par des sanglots trop longtemps comprimés — une mère à coup sûr.... une veuve peut-être.

Et toute la journée ce fut ainsi, jusqu'à ce que le jour commençât à baisser et que la voix des gardiens criât de loin le monotone : On va fermer !

Et chacun reprit sa vie habituelle, rentrant dîner et finissant la soirée dans le monde ou au théâtre.

Que se passe-t-il alors dans le cimetière, lorsque la nuit vient à son tour plonger les vivants dans cette mort quotidienne qu'on appelle le sommeil ?

Quand le bourdonnement sur la terre a cessé de se faire entendre, commence-t-il au-dessous ?

Secouent-ils leurs linceuls et se murmurent-ils les uns aux autres leurs impressions de la journée ?

Qui sait si de ces paupières vides ne jaillissent pas des larmes amères, en songeant à l'oubli ?

Qui sait s'il n'y a pas des soupirs et si ces bouches sans lèvres ne disent pas : « Personne n'est venu au-« jourd'hui; mais ce n'est que la Toussaint : ils vien-« dront demain ! »

Peut-être, lourde terre, écrases-tu les efforts d'indignés qui veulent sortir un instant, ne fût-ce que pour effacer les regrets éternels gravés sur le marbre ?

Et ces bruits stridents, étranges, indéfinissables, qu'on entend parfois la nuit dans ces lieux désolés, ne seraient-ils pas les éclats de rire des sceptiques criant à ceux qui espèrent encore : « Taisez-vous donc, espé-« reurs éternels ! Loin des yeux, loin du cœur ! »

Et malgré tout ils devaient espérer : la nuit était belle et les étoiles scintillaient au ciel.

Mais vers trois heures tout s'assombrit ; de gros nuages noirs et menaçants arrivèrent du sud-ouest, et le vent commença à pleurer à travers les cyprès.

Et les nuages se massaient, se massaient toujours, et l'ouragan fit entendre ses hurlements plaintifs.

Les rafales emportaient les feuilles jaunies ; les dernières fleurs étaient arrachées de leurs tiges ; des croix de bois étaient déracinées !

Douleur, tempête de l'âme ! Tempête, douleur de la nature !

Et dans la ville endormie, même désolation ; le claquement de volets mal arrêtés, les frémissements des vitres, les mugissements des cheminées.

Bien des gens s'éveillèrent, allèrent jusqu'à la fenêtre, puis revinrent se remettre dans le lit, avec un voluptueux frissonnement, en disant :

— Il fera demain un temps affreux, je ne pourrai pas aller au cimetière ! Qu'on est bien dans son lit !

Elle aussi était bien dans son lit, et combien de fois allait-elle, chaque nuit, se pencher sur ton berceau, pour voir si tu dormais bien et si tu n'étais pas découvert !

Et, plus tard, le temps l'arrêtait-il pour aller te voir au collége?

Couche-toi ! tu es bien dans ton lit; sais-tu si elle est bien dans le sien?

Enfin le jour des morts se leva, si l'on peut appeler le jour une vague clarté qui veut à peine dire qu'il n'est plus nuit. La pluie tombait toujours.

Dehors, ceux qui sont forcés de sortir. Sur les routes qui conduisent au cimetière, presque personne.

Et là, un spectacle navrant : les arbres encore verts la veille aujourd'hui élevant au ciel leurs grands bras dépouillés.

Les allées détrempées et couvertes des derniers pétales des fleurs arrachées; des pierres, hier droites, maintenant couchées!

Aujourd'hui, jour même de leur fête, pas de visiteurs! Les quelques rares personnes qu'on rencontrait, vêtues d'une livrée de douleur toute neuve, se dépêchaient, de crainte d'être trop mouillées.

Rien de la vie de la veille. Le bruit du vent; le clapotement de la pluie, puis, pendant les arrêts, un silence lugubre.

Un bruit étrange sortant de ce fouillis de sépulcres,

et donnant je ne sais quelle idée d'un claquement de dents : les croix de bois, trop rapprochées peut-être, qui se heurtaient sous les chocs du vent.....

Qu'il est heureux que nous n'ayons pas, comme les Egyptiens, les corps de nos pères dans nos logis ! Quelles profanations seraient commises, lorsqu'on voit l'oubli où nous laissons nos morts !.... Un peu de vent et un peu d'eau, et nous voilà dispensés du devoir.

TABLE DES MATIÈRES

I

LES FEMMES

II

LES GENS DE CHEZ NOUS

III

PORTRAITS ET PAYSAGES PARISIENS

Paris. — Imprimerie Alcan-Lévy, 61, rue de Lafayette.

www.ingramcontent.com/pod-product-compliance
Lightning Source LLC
Chambersburg PA
CBHW071805020726
47502CB00004B/1007